遺憾，
我病起來
連自己都
怕
3
作者 小鹿
繪者 Mocha

相關病史一覽

病歷號碼	●●●●●●
姓　　名	●●●
年　　齡	●●歲 ● 個月

病況描述

序章

在許久以前，季晴夏曾和我有這麼一段短短的對話。

「小武。」

因為季晴夏的呼喚，我回過頭去。

結果發現穿著白大袍的她一邊做著實驗，一邊和我說話。

「什麼事呢？晴姊。」

「你是我第一個製造出來的病能者。」

「嗯？這件事我知道啊。」

我在十二歲時，以「感覺相連症」做為病能，成了這世上的第一個病能者。

不只如此，我也在那時成為季晴夏的弟弟，季雨冬的哥哥。

「你還記得你十二歲以前的事情嗎？」

「坦白說，完全不記得了。」

「是嗎……」

不知為何，季晴夏完全沒看我一眼。

「晴姊，我是不是忘了什麼很重要的事？」

「不，你什麼事都沒忘記。」

看著眼前不知裝了什麼的透明玻璃瓶,季晴夏再度重複一次剛剛的話。

「你什麼事都沒忘記。」

「嗯……?」我感受到了異樣。雖然季晴夏的表情一如往常,但從她身上散發出的氣息,似乎和平常略有不同。

總覺得她好像想跟我說什麼,卻又說不出口。

不過這一定是我的錯覺吧?

肯定是她太過專心於眼前的事物,才給人異常的感覺。

畢竟——

那個總是天地無懼的季晴夏,怎麼可能會因為顧忌什麼而說不出話來呢?

「小武,你是我第一個製造出來的病能者。」

「嗯?我知道啊……晴姊?為何要一再重複這句話?」

「不,你不知道。」季晴夏依舊沒抬起頭。

她以再嚴肅不過的語氣,向我說道:

「你並不知道……這句話的真正意思。」

這段與晴姊的對話,到此就結束了。

看似平凡無奇,並沒有什麼值得留意的地方。

但是,我一直對這段過去有所疑問。

晴姊……為什麼呢?

為什麼妳在跟我說話時,一眼都不敢看我?

那副模樣，不就像是——
不就像是妳對我有所歉疚嗎？

Chapter 1 錯亂的記憶和人際關係

醒來的我，正處於一個空無一人的房間中。

我環顧四周，刀劍、鎧甲、頭盔、地毯、燭臺……

盡是中古世紀的建築擺設。

從石製牆壁的孔洞向外一看，可以看見環繞中央城樓的廣大護城河。

「這裡是……城堡裡頭……？」

我究竟是怎麼來到這邊的？

曾聽說中歐地區有著保存狀況非常好的城堡，我現在就在該地嗎？

「不行……什麼都想不起來。」

記憶有著巨大的斷層。

我先試著深呼吸，平復一下自己的心情。

吸——吐——吸——吐——

很好，冷靜下來了。

首先從基礎面的事情開始確認。

我是季武，今年十七歲。

不久前，我歷經了「病能者研究院」、「家族之島」兩起事件。

在這之後，我的身體和記憶出現了劇烈的變化。
因為「死亡錯覺」深植腦中，我會不定時的陷入死亡狀態。
也是因為如此，我的記憶不斷出現缺痕，讓我的認知開始產生混亂，有時甚至會連自己是誰都搞不清楚。
再從頭回想一次吧。
「家族之島」事件後，我帶著妹妹葉藏和葉柔逃了出來——
——滋。
腦袋深處浮現出雜訊，在此同時，我也感到有些頭痛。
不過別在意，這是最近常見的狀況。
撫著額頭，我繼續回想。
被捲入「莊周」和「滅蝶」兩大組織的鬥爭後，我們兄妹三人好不容易活了下來。
但在那之後，世界陷入巨大的混亂中。
製造病能者的方法外洩，使得各國都開始競相開發病能者和病能武器。
世界正式進入了「病能開發時期」，有關病能者的犯罪、武器和衝突越來越多。
「要不是『莊周』的首領季晴夏發明了病能，這世界也不會變成這樣……」
病能的出現，將人類分成普通人和病能者兩邊。
現在世界的鬥爭也都是源自於此。
「要是季晴夏不存在於世上就好了。」
就在我說出這句話的同時，腦中浮現了她率領八百名病能者圍攻我、葉藏和葉柔的情景。

她毫無疑問的是敵人。

「對……她是敵人。」

——滋滋。

雖然腦中再度出現雜音，但這個認知應該不會有錯——

季晴夏是……我的敵人。

『——武大人。』

此時，某道呼喚從我心底響起。

我猛然回過身去，卻一個人都沒看到。

那是誰？

是誰……會這樣叫我？

我究竟……忘了什麼？

——滋滋滋滋滋滋滋。

巨大的雜音再次迴盪於腦海。

「啊啊啊啊啊啊啊啊啊！」

劇烈的疼痛讓我雙手抱住頭，發出淒厲的喊叫。

就像被關了燈，我再度失去意識。

等到我醒來後，我發覺這次身在一個簡約的房間。

雖然周遭的裝潢依然是中古世紀的歐式風格，卻有著現代的木質衣櫃、單人彈簧床，以及樣式簡單的梳妝臺。

這裡又是哪裡？我又是躺在誰的床上？

真是的……這個「死亡錯覺」造成的後遺症真的很麻煩。

我完全不記得失去意識的期間，究竟做了什麼，發生了什麼。

「那個……真的要嗎？」

此時，一個女孩子的聲音從房間外傳來。

我先是愣了幾秒，接著馬上感到大事不妙——一個男生躺在女生房間的床上，要是被誤會是來實行什麼犯罪的，也完全不奇怪。

這個房間沒有窗戶，出入口也只有一個，現在已經來不及逃跑了！

我得趕緊找個地方躲起來！

床底下——不行，該處空間被一堆可愛的動物玩偶給填滿。

衣櫃中——大量女孩子氣的洋裝掛在衣架上，可以看得出主人很寶貝這些衣服，每一件都好好燙過，並用防塵套罩起來。

「雖然有些勉強……」

但我還是硬擠進去，蹲在大量的衣服下方。

就在我將衣櫃門關起的那刻——

房間的門打開，葉藏和葉柔走了進來。

「真是的……原來是我的兩個妹妹啊……」我鬆了口氣。

早知道是她們，我也不用躲起來了，害我剛剛嚇得半死。

「咦？哥哥呢？怎麼不見了。」

透過門縫，我發現葉藏先是看了空無一人的床一眼，接著開始四處張望。

「季武哥哥不見了？」

盲眼的葉柔因為看不到房間的情景，歪著頭問道。

「是啊……剛看他暈倒在走廊，因為怕他出什麼意外，我還特地將他搬到我的床上呢。」

也就是說，這裡是葉藏的房間囉？

剛剛看到的大量洋裝和布偶浮現在我腦中……

總覺得有些對不起葉藏。這種感覺，就像是到朋友家，然後一不小心翻到他的日記一樣。

「或許季武哥哥醒來後去找我們了？」

「剛好錯過彼此嗎……」

葉藏細長的眉毛皺了起來，神情擔憂。

本來我想等到適當的時機再現身，但要是讓她們太過擔心也不好。

還是現在就從衣櫃出來吧——

「季武哥哥的事先放到一邊。」

就在我要打開衣櫃門時，葉柔的話停止了我的動作。

她裝模作樣地輕咳幾聲後，扭扭捏捏地說：「總、總之呢，姊姊，我們先來做我剛剛說的『那件事』吧。」

「喔喔……『那件事』啊……」

面對害羞的葉柔，葉藏不知為何也別開了目光，雪白的臉頰透出一抹羞紅。

「那……姊姊要在哪裡做『那件事』？」

「哪、哪裡都可以吧？不就是為了不讓其他人看到，才挑我的房間做『那件事』的嗎？」

「嗯、啊、嗯——說得也是呢！」

「那件事」到底是什麼！

為什麼妳們之間的氣氛這麼奇怪！說話的聲調也都比平常高了些！

「那……地點就挑床上吧？姊姊覺得怎麼樣？」

「喔……床上嗎？很、很好啊。」

「…………」

「…………」

兩姊妹正坐在床上面對彼此，陷入一股尷尬至極的沉默。

葉柔緊張地把玩頭上的羽毛頭飾，葉藏則低著頭，不斷以眼角餘光偷瞄葉柔。

「雖、雖然是親姊妹——」

過了約五分鐘，臉紅得跟蘋果一樣的葉柔終於打破沉默。
「但一想到真的要做『那件事』，就感覺好緊張呢。」
「對、對啊……」
所以說妳們兩個現在到底是想做什麼啊！
害我完全不敢從衣櫃出來了啊！
「事到如今——」葉柔有些不好意思地搔著臉頰道：「還要『想辦法增進姊妹之間的情誼』，真的好不自在呢。」
原來「那件事」指的是「想辦法增進姊妹之間的情誼」啊！為什麼要說得那麼容易讓人誤會！
「那麼……具體來說，我們該怎麼做呢？」
不安的葉藏死死握著腰間的刀，緊抿薄唇問道：「要做什麼，才能增進姊妹之間的感情呢？」
「怎麼做嘛……」
面對葉藏的疑問，葉柔抱起雙臂開始思考。
因為一些意外，這對姊妹有五年沒見面也沒說過一句話，難怪她們會想設法彌補這段欠缺的時光。
不過……
「首先，先來自我介紹吧？」葉柔像是想到什麼好點子地說。
「原來如此，不愧是葉柔。」葉藏一臉敬佩地點著頭。

「小女子名叫葉柔。」
「小女子名叫葉藏。」
她們兩個同時向彼此拜了下去。
「……………」
「……………」
「這樣好像不太對……」
「是啊……」
這、這對姊妹究竟是怎樣!?
笨拙也該有個限度吧!
「會不會是自我介紹的方式不對?」
「是這樣嗎?」
「自我介紹原來是這麼深奧的東西嗎?」
葉柔歪著頭,滿臉困惑。
這傢伙平常聰慧無比,一旦遇到有關葉藏的事就完全變了一個人啊。
「要不然我們試著再說得更詳盡點好了?」
「嗯、嗯。」
可能是自己也不知道該怎麼辦吧?面對葉柔的提議,葉藏再次拚命點頭。
這副乖順的模樣,彷彿她才是年紀比較小的妹妹。
稍稍調整了坐姿,葉柔再度伏下身去說:

「小女子名叫葉柔，今年十四歲，興趣是聽音樂。」
「小女子名叫葉藏，今年十七歲，興趣是廁所練劍。」
「我有一個哥哥、一個姊姊。」
「我也有一個哥哥、一個妹妹。」
「目前沒有跟父母同住，請您之後多多指教。」
「目前一樣沒有跟父母同住，還請您之後多多指教。」
妳們兩個是在相親嗎！
「……………」
「……………」
「話說……我們的父母好像是同一人。」
「……對啊。」
「……總覺得還是不太對。」
「嗯……」
「平常大家都是怎麼增進感情的？」
「我不知道，我沒有朋友。」
「啊……」
聽到葉藏這麼說，葉柔露出「大事不妙」的表情。
低下頭，葉藏臉色暗沉地說：「……我大概是這世上，最不適合回答這個問題的人了。」

「那個……我不是故意的，抱、抱歉，姊姊。」
「妳不用道歉，不如說妳的道歉反而讓我更加難過……」
「…………」
「…………」
又是一陣尷尬至極的沉默。
妳們的自我介紹是怎麼回事？怎麼可以弄到彼此都受傷啊！
是不是因為太在意彼此，行動起來反而才綁手綁腳呢？
連在一旁看著的我，都替她們兩個著急了。
「嗯、嗯……對了！」
葉柔在拚命苦思後，握拳敲了一下手掌，說道：「不是有種增進彼此情誼的活動，叫做『聯誼』嗎？」
「那個不是用在男女之間嗎？」
「女生跟女生……應該也可以吧？」
「是這樣嗎？」
「大概……不，應該說就是這樣沒錯。」明顯在逞強的葉柔繼續說：「與其什麼都不做而後悔，不如做了什麼再後悔——對，就是這樣。」
不……我真心覺得妳們兩個什麼都不做，說不定還比較好。
「具體來說，聯誼是要做些什麼？」
「自我介紹——」

「……可以跳過嗎？」

「嗯……我也覺得這樣比較好。」

我差點以為她們又要第三次自我介紹了。

「印象中，聯誼時會玩一種叫『百吉棒遊戲』的活動。」

也不知道是不是早有預謀，葉柔從懷中拿出一包巧克力棒。

「那個……姊姊，要試試看嗎？」

百吉棒遊戲。

就是拿出一根巧克力棒，然後男女雙方各吃一端。

隨著雙方的嘴唇逐漸往中心靠攏，兩人之間的距離也會越來越短、越來越短……

這遊戲的樂趣，就是看雙方能接受彼此的距離縮到多短。

要是兩個都沒放開，最終雙方的嘴唇就會碰在一起。

這本來是聯誼會上強制男女雙方關係進展的活動，我還真沒想到，今天會看到一對血脈相連的姊妹玩起這遊戲。

「姊、姊姊，準備好了嗎？」

「嗯、喔。」

就算不開啟病能，我也看得出來她們呼吸和心跳的頻率都比平常高了些，身體也因為不安而躁動。

葉柔掏出一根巧克力棒，將其懸在兩人之間的空中。

面對那根餅乾，葉藏和葉柔微微嘟起小嘴。

光是這樣的距離，就已經近到可以感受到彼此的呼吸，要是這遊戲繼續進行，究竟會演變成什麼光景？

我不安地吞了口口水。

這樣繼續發展下去真的可以嗎？

我究竟是在見證百合盛開的一刻，還是在見證什麼東西崩壞的開始——不，或許會有什麼覺醒也不一定，不過這覺醒究竟是我還是她們呢？

完了，腦袋被這桃色的氛圍影響，連我也開始變得古怪了。

「那、那那那就開始始始囉？」

葉柔的語音顫抖得就像是在寒冬中說話一樣。

「好好好好——放馬過來吧！」

葉藏雖想裝作鎮定的樣子，但她的身體因為抖得太厲害，讓腰間的刀不斷撞出「喀喀喀」的聲響。

兩人嘴中吐出灼熱的氣息，一同輕輕含住餅乾。

百吉棒遊戲正式展開！

——啪！

葉藏的嘴巴用力過猛！餅乾折斷！

遊戲結束！

「姊姊！」嘴巴咬著剩下餅乾的葉柔，「啪啪」拍著身下的床鋪抗議：「妳到底有沒有心要玩啊！」

「不，可是葉柔、葉柔……」

「怎麼了？」

「妳的臉太近了……」葉藏將臉別過一邊，緩緩道：「我的心跳得好快，就像是要從嘴巴跳出來一樣。」

「喔、是喔……原來如此……」

葉柔也不好意思的將臉別開。

這是怎樣！

妳們兩個是剛交往的情侶嗎！

「不過……不過……」葉柔抬起頭來，握起小小的拳頭說道：「為了增進姊妹間的情誼，也只好再試一次了……」

「嗯嗯，身為姊妹，怎麼可以連百吉棒遊戲這種小小關卡都邁不過去呢。」葉藏也跟著握起拳頭。

我說啊……

正常的姊妹，根本就不會玩這種遊戲好嗎！

「這次要忍住羞恥感喔，姊姊，要不然我們永遠無法前進的。」

「我會努力的。」緊握腰間的刀子，葉藏微微仰起下巴，「要是這次再把巧克力棒咬斷，我就切掉自己的小指，以示負責！」

「既然姊姊都下了這麼大的決心，那我也得付出相應的覺悟才行。」

葉柔黯淡的眼中光芒一閃！

「要是我把巧克力棒咬斷，我就切腹！」

這已經不是百吉棒遊戲了！

而且，妳們兩個若是都不把巧克力棒咬斷，那最後不就會接吻嗎！

「姊姊。」

「葉柔。」

葉藏和葉柔向對方抱拳，深深一揖。

從她們身上散發出的肅殺之氣，與其說是聯誼，不如說更像是要拿刀對砍。

「「——請賜教！」」

在她們兩個同聲這麼說後，第二輪的百吉棒遊戲再度開始！

兩人的櫻桃小嘴以幾乎相同的頻率開闔。

——十公分。

巧克力棒越縮越短，而她們之間的距離也一點一滴的融化、消失。

——八公分。

要是從側面看，兩人就像是準備要熱吻啊！

——五公分。

葉藏和葉柔的鼻尖碰到了一塊！

兩人的呼吸越來越急促！

可能是過於激動，她們的額上都冒出了一層薄汗，臉紅得像是要滴出血來。
我可以感覺得出兩人都想放棄，但她們完全沒露出一絲一毫要中止的神情。
這對姊妹在心性和毅力方面的磨練都異於常人。
一個習武多年，一個曾率領整個家族。
要她們其中一方先行認輸和放棄，根本就是件不可能的事！
很快地，就來到了退無可退的決勝點！
——一公分。
「嗚……」
葉柔發出不成聲的嗚咽，微微睜大的雙眼也浮出了淚水！
「葉柔……」
彷彿被葉柔魅惑，葉藏的雙手緩緩舉起，以溫柔至極的動作捧起了葉柔的小臉。
她的雙眼非常迷濛，就像是罩上了一層霧。
這種刺激感和悖德感究竟是怎麼回事！
莫非真的會直達終點？
莫非新世界真的要開啟？
莫非我能見證到這奇蹟的一瞬間？
「我、我……」
葉柔的雙手緊緊抓著身下的床單，讓被子變得一團凌亂！
就在這緊張萬分的一刻——

葉柔大腿處的蝴蝶印記突然亮了起來！

——啪！

葉柔咬斷了巧克力棒，猛然轉過頭來面對我所在的方向。

她黯淡無光的雙瞳透出了光芒，這股光芒就像是具有質量般地穿透了衣櫃門，直刺到我的身上——我本來是這麼認為的。

「你——」

葉柔手指著我的頭頂上方，大聲喝道：

「——你是誰！」

就在葉柔大喊出聲的那瞬間，我才感受到一個始終沒察覺的淡淡氣息，抬起頭來一看。

這剎那——

因為過度的恐懼，我的雙眼猛然睜大，全身冷得彷彿墜入冰窖。

——一個人就在我的上方！

在我進來前，這個神祕的「入侵者」就躲在裡頭，但我竟然完全沒發現。

這個入侵者縮成一團，飄浮在衣櫃內側的角落處。

他身著黑衣黑褲，整個頭部被一個黑色的面罩遮住，就連眼睛都沒露出。

這身打扮，完全把他的身材和面容遮了起來，讓人無法藉由外觀判斷性別和真實身分。

此時，我發現了另外一件更讓我驚訝的事。

這個入侵者之所以可以呈現飄浮狀態，是因為他僅用一根插在衣櫃中的左手手指，就撐住整個身體。

——這是何等可怕的身體能力！

「回答我！你是誰！」

「……」

面對我的質問，這個入侵者一言不發。

他默默地伸出本來縮著的右手和雙腳，抵在衣櫃內側。

「喂！你想做什麼！」

「……」他依舊沒回答我。

——啪吱！

但是，我的耳中傳來什麼東西破裂的聲響！

「該不會——」

——砰！

就在我話都還沒說完的瞬間，木質的衣櫃就像是紙糊的一般，轟然破裂！

沒有出拳揮拳，也沒有使用任何器具。

僅靠往外「撐」的力道，這個人就將衣櫃給撐破！

就在我們目瞪口呆之時，入侵者以敏捷到不像人類的動作躍了起來，想要奪門而出。

「別想跑！」瞬間做出反應的葉藏擋在門前，向入侵者揮出了刀。

可能是過於情急，葉藏幾乎沒有留手。

刀子化作一道銀光，破空聲響讓人聽了寒毛直豎。

就算是我，也要開到「三感共鳴」才能接下這刀。

不好！要是在這邊殺了入侵者，就無法搞清楚他是什麼來頭。

「葉藏！別殺了他——」

聽到我的話後，葉藏的刀猛然停住。

不，這樣說並不正確。

因為——

「怎麼……可能……」

——入侵者用兩根手指，就挾住了葉藏的刀子。

吃驚的葉藏雙眼睜大，完全不敢相信她眼前所發生的事。

此時我突然意識到一件事。葉柔的病能名為「注視致命」，眼盲的她平常是看不到東西的，但若是感受到殺氣，或是某種足以致命的東西出現在她周遭，那她就會「看見」。

僅僅是躲在衣櫃中，就被葉柔給「看見」？

這不就意味著光存在於該處，這個入侵者就足以致命嗎？

「這人……比我想得還危險！」

而且從他那異於常人的動作判斷，他極有可能也是病能者！

「葉藏、葉柔，小心點。」

聽到我的話後，葉藏和葉柔同時點點頭，從腰間抽出刀子。
我們三人各站一邊，呈三角形包圍住入侵者。
除了季晴夏外，我不覺得這世上有人能逃出這樣的包圍網。
一時之間，我們四人互相看著彼此，誰都沒有動作。
「——受死吧！」
葉柔突然大吼，從她身上，傳來了幾乎要令人喘不過氣的厚重殺意！
這突如其然的發展，連我都嚇了一跳。
但下一刻，我就知道這個入侵者死定了。
當葉柔這麼做後，不管是誰，都會反射性地對葉柔展現殺意。
只要對葉柔造成生命危險——只要被葉柔「看見」，就算是我都不是她的對手。
葉柔往前踏出一步，即將使出她那神速的劍法——
「咦？」
但是，葉柔沒有成功。
她停住了腳步，滿臉困惑。
不只是她，連我和葉藏都在此刻感受到了異樣。
——完全沒有殺氣。
聽到葉柔這樣喊，眼前的入侵者不但沒有展現與之對抗的殺氣，反而停止了所有動作。
就像是已然死亡，他的呼吸和心跳降到了最低。

要是閉上眼，你甚至無法感受到入侵者就在眼前。

因為無害，所以「看不見」。這讓葉柔完全無法對入侵者進行攻擊。

難怪我剛剛會無法察覺這人在衣櫃中。

他完全抹消了存在氣息，讓自身化為空氣的一部分。

──答。

以這樣的虛無狀態，入侵者只一步就來到葉柔身邊。

他以柔和至極的動作伸出手，想要將葉柔腰間的刀給奪走──

「──你做什麼！」

反應過來的我趕緊插入他和葉柔之間，揮出手刀打落他的手。

我擺出架勢，想要開啟病能。

四感……不，五感共鳴。

為了保護自己的妹妹，這裡不該留手，就算體力耗盡也沒關係，反正身邊有葉藏和葉柔在。

「沒用的，你無法使出病能的。」眼前的入侵者突然開口。

他的聲音很詭異，就像是被電子機械變聲過，忽高忽低、忽大忽小，一點都不自然。

面對我，他說出了彷彿天方夜譚的事──

「因為，我已經將你的病能『偷走』。」

「……」我先是愣了一下，接著大喊：「開什麼玩笑！」

「我不是開玩笑。」

「這種事是不可能的！」

病能就是認知。

死亡錯覺、強迫說實話、無法看見左邊、眼中的事物不斷扭曲、只能看見足以讓自己致命的事物——

這些都是病能者腦中的認知——也就是想法。

若是消除，還有些許可能。

但偷走是絕對不可能的事。

因為「偷」，就意味著讓他人腦中的認知消失，然後加諸在自己身上。

「這根本是做不到的事！」

「那你試著發動『感官共鳴』的病能啊？」入侵者像是挑釁一般地指著我說：「要是你有辦法發動的話，那就試試看啊？」

「我、我——」

就跟以往一樣，我打算解放左手的蝴蝶封印，讓腦中的感官共鳴，但是——

「——！」

我做不到。

「感官共鳴」彷彿原本就不存在似的消失了。

體內空空如也，不管怎麼使力、怎麼呼喚，病能都沒回應我。

別說「五感共鳴」了，我連「兩感共鳴」都做不到。

「我說過了——」入侵者再次強調：「我偷走了你的病能。」

「這、這……」我呆愣在當場，完全動彈不得。

身下地板就像是融化般，我感到腳底一軟，彷彿正要跌落到深淵。

雖然理智上知道入侵者說的是無稽之談，但一直以來依賴的事物消失，還是讓我感到無比動搖。

「若是……我沒有病能……」

我雙手抱著頭，眼前的視野開始搖晃。

沒有「感官共鳴」的病能，我就無法治傷、無法探知他人、無法加強身體能力——我就無法保護任何人了。

可能知道我再也沒有作戰能力了吧，入侵者輕鬆地從我身邊走過，朝門走去。

「等一下！」葉藏和葉柔同時擋住門。

「葉藏、葉柔。」入侵者緩緩朝她們伸出手，「妳們也想被我偷走病能嗎？」

「——！」

聽到入侵者這麼說，葉藏和葉柔同時露出恐懼的神情。

「讓開。」趁她們動搖的這一瞬間，入侵者推開了葉藏和葉柔。

看著他走出門的背影，我們三人站在原地。

——什麼行動都沒有。

「季武哥哥！」葉柔很快就回過神來說道：「不可以讓這傢伙就這麼走了！就算不戰鬥，也要知道這個入侵者究竟跑去哪裡！」

葉柔說得非常有道理，可是我一個字都沒聽進去。

「季武哥哥？」

「二感共鳴……」我看著自己左手的蝴蝶印記，「二感共鳴……」

但不管我怎麼呼喚，還是無法使出病能來。

「快出來啊……不要消失啊……」

我低下頭，右手緊握著左手，甚至握到讓我感到有些疼痛的地步。

然而，還是一點用都沒有。

病能確實消失了，我再也無法使出病能。

「怎麼……會這樣……」

若是我一點力量都沒有，若是我變成普通人——

那我又要怎麼守住約定呢？

「——只要是妳的期望，我都會傾盡全力為妳實現。」

我又要怎麼守住這個約定呢！

——滋！

雜音出現，我眼前搖晃了一下。

「——妳無法守護的人，就由我來守護吧。」

奇怪？這個究竟是我和誰的約定？

我甩了甩頭。不管怎麼回想，我都想不起來是誰。

「季武哥哥！」擔心的葉柔湊到了我身邊，「你還好嗎？」

「——你還好嗎？武大人？」

對了……記得當我陷入低潮時，總會有兩個人出現在我身旁。一個人在我身前引領著我，另一個則是在身後默默支持著我。

兩個模糊的人影浮現在腦海中——

「季武哥哥！」葉柔有些著急地說：「你振作點！就算是沒有病能！你依舊是我們的哥哥！」

眼前的葉柔，逐漸和我腦中的人影重合在一起。

是的，在我迷惘時，一直都是葉柔站在我的前方引導著我。

「可是，要是我變得弱小……」

「那也沒關係。」撫著自己的胸口，葉柔緩緩說道：「我同樣很弱小啊，但不也像這樣陪在你身旁嗎？」

「嗯……」

「重要的是季武哥哥依然在我們身旁，這樣就夠了。」

她伸出手，想要握住我的手鼓勵我，但無法視物的她難以掌握精確的方向，於是小小的手不斷抓空。

我回應了那隻小手，用雙手輕柔地包裹住它，像是在對待什麼易碎的事物。

——啪。

此時，肩膀處傳來一陣輕拍。

我轉頭一看，只見葉藏將手搭在我的肩上，一副欲言又止的模樣。

「那個……哥哥……」笨拙的葉藏嘴巴張張闔闔一會後，好不容易才吐出想說的話：「不管如何，你都不會……造成我們麻煩的。」

「……」

「這次，輪到我保護你了。」

「嗯……謝謝妳，葉藏。」

真是的……一時之間又迷惘了。

我很弱小這件事，不是早就知道了嗎？

至今為止，之所以能度過那麼多難關，是因為理解身旁的人，和他們一同往前邁進。

看著葉藏和葉柔，我感到心中一股暖流流過。

「我沒事了，葉柔和葉藏。」我抬起了低著的頭。

只要有葉柔在身前帶領我——只要有葉藏在身後支持我，我就永遠不會迷失方向。

「季武哥哥沒事就好。」放下心的葉柔輕拍胸口，鬆了一口氣。

仔細看會發現她的額頭布滿細汗，看來她剛剛是真的很擔心我，目睹這情景的我，不由得產生了些許罪惡感。

「哥哥若是沒事，就先待在這邊休息一下吧？」葉藏望著走廊的遠處，「我去把入侵者找出來。」

「妳一個人去好嗎？那個入侵者不但武功高強，還有著奇怪的病能。」

「放心吧，哥哥，說不定我是最適合對付他的人。」葉藏輕拍腰間的刀子，「雖然現在已不是了，但我原本可是『不使用病能的病能者啊』。」

「確實……」

本來葉藏的戰鬥，就是憑著高超的劍術和鍛鍊到極限的肉體在進行的。在我們之中，她是最不受病能限制的存在。

「而且……若我的推測沒錯，那個入侵者並沒有我們想的那麼危險。」在我身旁的葉柔沉吟了一會後，突然說道。

「為何這麼說？」

「冷靜下來一想，我不覺得他具備『偷走病能』這樣的能力。」

「可是……我的病能確實是被偷走了啊？」

「季武哥哥，若他真的可以偷走病能，那剛剛的戰鬥根本就不可能發生吧？」葉柔指著自己和葉藏說道：「只要他將我和姊姊的病能偷走，我們根本就無法與他對抗，只能束手就擒。」

「有道理……」

「也就是說，雖然表面上看起來彷彿是『偷走病能』，但他一定耍了什麼花招，讓我們看起來像是這樣。」

「那我的病能消失這個異象……又是怎麼回事呢？」

「嗯……」葉柔抱臂沉思，過了一會後，搖了搖頭，「抱歉……季武哥哥，這個問題，我完全想不出答案。」

「沒關係的，妳不用跟我道歉。」

這本來就是我自身的問題。

不過……連聰慧無比的葉柔都想不出一點端倪來，看來這個問題確實棘手。

「總之，只要把入侵者抓起來，一切就會水落石出吧。」

葉藏握住腰間的刀說道：「我現在就去找他。」

「姊姊，要我陪妳去嗎？」

「好——」

葉藏本來要點頭，但她看了我一眼後，突然閉上嘴。

接著，她以有些不自然的態度說：「沒、沒關係，我一個人也沒問題的。葉柔妳還是暫時待在哥……不，妳還是待在這邊比較好。」

看來，葉藏是擔心我一個人。
可能是怕傷到我的自尊心，她一邊說一邊偷瞄我。
真是笨拙的傢伙，明明直說我也不會在意的。
「那麼，姊姊一切小心。」
葉藏點點頭，朝著入侵者消失的方向跑去。
「她沒問題吧？」看著葉藏的背影，我不禁這麼問道。
「放心吧，姊姊是個在關鍵時刻會有所表現的人──大概。」
「……妳要是後面沒加『大概』，那該有多好。」
「希望姊姊能將入侵者抓起來……我有太多事想問他了。要是再無法揭穿他的真實身分，那──」葉柔輕嘆了口氣，「『公主』又要失望了。」
「公主？」聽到陌生的名詞，我忍不住問道。
「季武哥哥忘了嗎？『公主』就是這座城堡的統治者啊。」
「……？」
不管怎麼回想，我都想不到任何關於公主的記憶。
看到我疑惑的表情，聰敏的葉柔在稍微思考後，很快地就明白我是老毛病又犯了。
「季武哥哥的記憶還剩多少？」
「我只記得我們從『家族之島』那邊逃了出來──」
「──咦？」
聽到我這麼說，葉柔面露驚訝之色。

看到她這個反應，我有些不安地問道：「怎、怎麼了嗎？」

「在季武哥哥的印象中，那是什麼時候的事？」

「嗯？三天前？」

「……」

「五天前？」

「………」

「好吧，一個月前？」

「不，都不是……」

葉柔搖了搖頭。

接著她說出的話，讓我再度陷入巨大的不安漩渦中。

「家族之島的事件，那已經是、已經是——」

葉柔不安的吞了口口水。

「一年前的事了……」

「……………………………………………………」

因為過於震驚，我只能嘴巴大張，什麼話都說不出來。

一年？

我失去了一年的記憶？

在這麼長的時間中，到底發生了什麼事？

為了補完我缺失的記憶，葉柔繼續說道：「這一年中，世界可說是一片混亂。因為各國爭相製造病能者的關係，現在『病能者』的數量，已占世界人口的萬分之一，由此衍生出來的混亂和犯罪，更是不計其數。」

「已經……走到這個地步了嗎？」

「真要我說的話，我覺得現在的情況就像是灌滿水、已經撐到極限的水球，只要有根小小的針一戳，就會引爆第三次世界大戰。」

「嗯……」

「現在，滅蝶打著『消滅所有病能者』的旗號，獲得大量普通人的支持。他們在各國的勢力，已經到了足以動搖國本的地步。害怕國家政權被奪走，某些大國甚至下達了『殲滅國內所有滅蝶』的命令。」

「院長又離她的野心更近一步了嗎……」

要是繼續下去，哪天她統一世界，完成她世界和平的夢想，似乎也不是不可能的事。

「『人類和病能者』、『國家和滅蝶』，不管是哪個，都已經嚴重對立。現在的世界，每天都會因為各種小規模衝突而死上大量的人。」

「天啊……」

雖沒有親眼見證，但光聽葉柔這麼說，就能得知外頭的世界狀況一定很糟糕。

「我、姊姊和季武哥哥儘管在力所能及之處，不分敵我地幫助受難的人，但是能力終究有限，不管再怎麼救助，無法保護到的人總是比能保護的人多上許多。」

「嗯……」

眼睜睜看著他人死去。

依照我對自己的瞭解，我一定為此感到痛苦萬分吧？

會不會就是為了逃避這段無力至極的回憶，我才忘了這一切呢？

「此時，『某個情報』在兩個月前流了出來，吸引了全世界的注意。」

「什麼情報？」

「在中歐的某座古堡中，藏著『季晴夏的祕密』。」

葉柔以再嚴肅不過的語氣說道：

「這個祕密，可以『拯救世界』。」

「──真的假的？」

僅憑一個祕密就「拯救世界」？這真的有可能嗎？

不管怎麼想，現在的世界都是往壞的方向不斷傾斜，而且已無可救藥。

然而──

儘管理智上知道不可能，但只要掛上季晴夏的名字，就不敢說這是「絕對不可能」的事。

「知道這個情報後，季武哥哥決定帶我和姊姊來到這座古堡，想要搶在其他人之前，得知『季晴夏的祕密』是什麼。」

「竟然……是我主動帶妳們來的？」

完全沒有印象。

不過聽葉柔這麼解說後，為何此時身在古堡中，我總算是明白了。

「那葉柔剛剛提到的『公主』，又是怎麼回事？」

「嗯？有人叫我嗎？」

一個再熟悉不過的聲音突然從我身後傳來。

我轉過身去——然後呆立在當場。

不管是世界的情勢、自己失去一年記憶的事，每件都令我驚訝萬分。但這些事，跟此時出現在我眼前的情景一比，登時顯得微不足道。

「季……晴夏？」

——季晴夏就站在我和葉柔身後。

姣好的五官、充滿自信的姿態，以及直達腰際的雜亂黑髮。

不管是長相還是身材，都和我印象中的季晴夏一模一樣。

「我不是季晴夏喔。」她對我露出微笑，「我是這座古堡的主人，大家都以『公主』稱呼我。」

「妳……真的不是她？」

「看清楚點，我有左手。」

她將左手擺到我面前，如青蔥般的五根手指依序彎了彎。

全世界的人都知道，季晴夏沒有左手。雖然依照她的智慧，應該輕而易舉就能弄出一隻左手來，但不知為何她從沒打算這麼做。

我再仔細看了看眼前這人，暫且撇開左手的不同不論，她也和季晴夏有著細微上的差異。

季晴夏總是穿著白大袍，但眼前這人身上的服裝，卻是華麗無比的禮服，配上她頭頂的水晶王冠，讓人覺得她被稱為「公主」一點都不奇怪。

而且——

「你也注意到了吧。」這名女子指了指自己的左胸上方，「最能證明我和季晴夏不是同一個人的地方在於——我不是病能者。」

她的左胸上方，並沒有代稱病能者的蝴蝶記號。

也就是說，她是普通人。

和季晴夏長得一模一樣，而且又是一般人。

這簡直、簡直就像是……

季晴夏的雙胞胎妹妹不是嗎？

——滋。

腦中再度傳來異響。

「對了對了，還沒自我介紹呢。」酷似季晴夏的女子雙手拉起裙子，向我行了一禮，「我的名字，叫做『季曇春』。」

——滋滋。

「歡迎來到『祕密之堡』，季武。」

——滋滋滋滋。

異響更大了，大到幾乎讓我無法思考！

就在此時，我看到了一雙眼。

一身黑的入侵者，不知何時來到季曇春的後方。

他將頭罩稍稍拉開，露出一雙精光四射的眼。

「嗚——！」

我抱住頭。彷彿有一萬根針同時刺入腦中，我的頭在這瞬間感受到劇烈無比的疼痛。

就在我因為痛楚而眨眼的瞬間，入侵者的那雙眼恍若鬼魅一般消失。

「你到底……是誰啊？」

我敢肯定，我曾看過那雙眼。

直覺讓我明白，那個入侵者的真實身分隱藏著可怕的真相。

但不管我怎麼努力睜大雙眼，我都找不到他的身影。

就算使出再多力氣壓著額頭，都無法抑制腦部深處的痛。

我面前的風景開始扭曲。

這股扭曲逐漸擴散，影響了我視野中的所有事物。

——身為我妹妹的葉柔開始扭曲。

——與季晴夏長得一模一樣的「公主」也開始扭曲。

我看著季曇春的碧藍雙眼，想要藉著上頭的倒影維持住逐漸模糊的意識。

然而，就連我的面容也跟著扭曲了。

「到底……什麼是真的？」

在我身上……究竟發生了什麼事？
腦中的異響和痛楚大到再也無法承受。
就像被關了燈，我的眼前變得一片黑暗。

Chapter 2 祕密之堡

——轟隆！

「……」

——轟隆！轟隆！

一陣巨響和搖晃，強制將我從睡夢中喚醒。

迷迷糊糊的我睜開眼，看到了灰濛濛的天空。

「稟告公主殿下，敵人正在聚集，似乎要進行總攻擊！」

在我面前的，是一個昂然的背影。

她穿著華麗且高貴的白色禮服，至於她的前方則跪著一個像是傳令兵的人。

站在古堡上頭的她環顧四周，高處的烈風颳著身上的衣服，發出「啪啪」的聲響。

我順著她的視線往外一看，不由得倒抽一口氣。

古堡被寬廣的護城河所圍繞，而在護城河的外頭——黑鴉鴉的全都是人。

我這個地方好歹有百來公尺高，但放眼望去，竟然還望不到人潮的盡頭。

這些人少說也有幾千……不，幾萬人。

不知從何而來的人群，整齊地排列成一個又一個的區塊，揮舞著不同國家的旗幟。

「這到底是……怎麼回事？」

聽到我的疑問，季曇春回過頭來。

「你醒啦？」

「嗯……」

「不好意思，現在沒空解答你心中的疑問。」季曇春指著敵軍，「要是無法度過眼前的危機，這座古堡中的人都會小命不保。」

「這是……在打仗嗎？」

聽到我這麼問，季曇春輕笑幾聲後說道：「是啊，這是一場各國聯軍攻打一座城堡的可笑戰爭呢。」

「為了什麼？」

「為了爭奪在這座古堡中的祕密。」

祕密？是怎樣的祕密，會引起這麼多人來爭相搶奪呢——

「啊。」葉柔之前說過的話浮現在我腦中。

那個……能拯救世界的祕密。

「季晴夏的祕密……嗎？」

「沒錯。」季曇春向我微笑點頭，「為了這個，各國都派了精銳部隊想要搶先進入古堡。要不是他們彼此扯後腿，說不定我們這邊早就被攻下了。」

聽到季曇春這麼說，我再次往外遙望情勢。

就連小孩子都看得出雙方兵力差距懸殊。

面對外頭的幾萬人，古堡內的守軍只有幾百人。

可能是想要困守其中，通往古堡的吊橋早已拉了起來。

乍看這是合理的行動，但在這麼巨大的兵力差距下，我覺得與其說這是防守，不如說是斷了自己唯一一條退路。

「我們這座古堡名為『祕密之堡』，是為了守護季晴夏的祕密而存在的。而我正是統率這座古堡的人。」

即使情勢看起來如此不妙，季曇春依然好整以暇地露出微笑，向我解釋。

「公主殿下！四方都有敵人想要渡河！」傳令兵繼續大聲報告。

護城河約有兩百公尺寬，從上方看就像是一座大湖，而古堡位於湖的中央，彷彿這座湖中的孤島。

隨著敵軍的號令，無數敵人從岸上跳入護城河中，準備朝這座古堡進攻。

密密麻麻的黑點逐漸填滿了護城河，就像是黑色的潮水。

「葉藏。」季曇春向單膝跪在她身旁的葉藏下令道：「帶堡內兩百人去東邊，絕對不要讓他們上岸！」

「收到。」葉藏點頭應答後，率領著兩百人衝到東邊。

話說……葉藏什麼時候也歸季曇春所管了？

回思暈倒前的對話，葉柔似乎也挺聽從季曇春的話。

是因為利害關係一致，不幫助季曇春就會一同被各國聯軍殺死，所以這對姊妹才會幫助她的嗎？

嗯……想不起來。

記憶喪失這種事，真的造成我許多困擾。

「稟告公主殿下！其他三邊怎麼辦？」

「南邊和北邊已經布了人，但西邊就沒有多餘的兵力處理了。」

季曇春眉頭一皺，彷彿很傷腦筋。

「公主殿下，交給我吧。」

此時，一個稚嫩的聲音回應了她。

葉柔突然從我後方出現，嚇了我一大跳。

自從病能消失後，我就無法感知周遭事物的存在了。

「葉柔嗎？可是我這邊已經沒人可以分給妳守城了。」

「我不用帶人。」葉柔指著西邊下方說道：「如果我沒記錯，古堡西邊不是只有一個入口嗎？」

「是這樣沒錯。」

「那麼，讓他們登岸也沒關係。」葉柔黯淡的眼中毫光一閃，「我只要站在入口處，就算來幾千人都無法進入其中。」

在這瞬間，葉柔渾身散發出一股銳利無比的氣勢。

這股存在感無比強烈的殺氣，讓所有人都陷入短暫的沉默——不，有一個人例外。

就像完全沒有感受到葉柔身上的壓力，季曇春笑了笑，以讚賞的表情向葉柔說道：「曾當過家族族長的人果然不同凡響。那西邊就交給妳囉。」

「就交給我吧。」

葉柔抱著「透」向季曇春行了一禮，帥氣的轉頭想要走入城堡中——

——砰！

目不視物的她撞到了牆壁，華麗的跌倒在地！

那個四腳朝天的姿勢，就像是烏龜翻倒。

「…………………………」

眼見她抱著頭不斷在地上打滾，所有人又因為另一種原因而陷入失語。

「那、那個……」好不容易站起來的葉柔，捂著通紅的額頭，眼眶含淚，「抱歉，公主殿下，還是給我一個人吧……請那個人帶我到西邊的入口。」

「咳咳……嗯嗯，當然、當然沒問題。」

季曇春臉別過一邊，身子不斷的發抖，就像是在強忍不要笑出聲來。

隨後，她馬上指派了一個人，讓那人牽著葉柔前往西邊的入口處。

雖然狀況還是很嚴苛，但本來緊張的肅殺之氣被葉柔這插曲一鬧，氣氛登時輕鬆了不少。

趁此良機，季曇春雙手大張宣告：

「我的子民們啊！」

「公主殿下！公主殿下！公主殿下！」

城內爆出了震天的大喊，回應季曇春的呼喚。

季曇春站到了屋頂邊緣的城牆上，面對護城河中那彷彿要淹沒古堡一般的海量敵人，毫無懼色地大聲喊道：

「雖然我們只有五百人，但我們無需畏懼這群烏合之眾！

「因為——你們是被我所挑選出來，守衛這座城堡和世界祕密的勇士！」

聽到季曇春這麼說，所有人再度爆出如雷的歡呼。

迎著屋頂的風，季曇春繼續著她的演說。

「人類為何比其他生物偉大？為何？

「那是因為我們具有智慧，懂得使用器具。槍彈出現後，一個持槍的普通人可以打贏一百個人；飛機發明後，擁有制空權的人就確保了戰爭的勝利。」

季曇春握拳揮向空中大喊：

「回答我！我們是誰！」

「——我們是普通人！」

震耳欲聾的喊聲，幾乎要蓋過堡外數萬人的聲音。

「回答我！我們是怎樣的普通人！」

「我們是懂得使用病能的普通人！」

「病能即是認知，認知即是想法——回答我！你們此時的想法是什麼？」

「我們會贏——絕對會贏！」

「很好！上吧！」

——唰！

季曇春的手霸氣無比地向前一揮！

「讓上個世代的人知道，我們病能時代的威力吧！」

我所在的位置是古堡正中央的塔樓上，可以很輕易地從高處俯瞰四周的狀況。

東邊——葉藏帶著持刀的兩百人，站在護城河邊的岸上嚴陣以待。

南邊——由一個高瘦的女性帶著一百五十人，站在城堡屋頂架起了槍。

北邊——由一個巨大到像是熊的粗獷漢子帶著一百人站在岸上，不知為何手上什麼都沒拿。

西邊——葉柔一個人。

古堡中的人並沒有專屬於他們的服飾。

他們身上的衣服和褲子五花八門，並沒有統一形式。

但是，他們的衣物上，一定會在某處有著一個Q版的頭像，那個頭像和季晴夏……不，應該說和季雲春長得一模一樣。

看來，他們非常崇敬他們的公主殿下。

我有些不安地望著逐漸吞沒護城河的敵軍。

面對這麼多敵人，古堡內的守軍究竟打算怎麼做？

此時，恍若是要回答我的疑問。

就在所有敵軍渡河到一半時，南方的軍隊有了動作——

「『南之軍』所有人聽令！舉槍！」南邊的高瘦女性下令。

一百五十人同時舉起一把上頭有著蝴蝶圖案的手槍。

奇怪？敵軍少說也有一百公尺遠，加上城堡屋頂到護城河的距離……光憑手槍的火力，怎麼可能打得中他們？

就在我疑惑萬分時，下一個令我更加驚訝的情景發生了！

「開火！」

所有人將槍口對準自己的太陽穴，打出子彈！

「咦咦——！」因為過於驚訝，我忍不住大喊出聲。

我本以為他們是因為過於恐懼，才精神錯亂到自殺，可是——

「病能填充，認知固定——『感官共鳴』！」

硝煙散去後，所有人都抬起頭來。他們的額頭上，出現了一個原本沒有的蝴蝶印記，眼睛瞳孔也變成「二」的形狀。

「竟然是……『感覺相連症』？」

我的……病能。

「南之軍全體——『兩感共鳴』，架槍！」

所有人收起有著蝴蝶印記的手槍，在城牆上頭的垛洞中架起了步槍。

「預備——開火！」

高瘦女性下令，一百五十把槍同時噴出了火花！

南邊護城河中的一百五十名敵人同時腦袋開洞、應聲倒下。

沒有人打偏，沒有人打到重複的人。

精準得像是在敵人面前對他開槍。

最瞭解這個病態的我明白，雖然只有兩感共鳴，但所有人的感知應該都變成了一般人的五至十倍。

若將這樣的知覺應用到射擊上，那自然是百發百中。

敵軍雖然舉起槍來想要還擊，但因為距離過遠，幾乎每一槍都打在古堡外牆上。

就算真的偶有幾發要打中南之軍，敏銳的他們也會在子彈抵達前躲到牆後。

這樣的射擊持續了幾輪，敵軍很快就陷入輕微的崩潰狀態。

因為這不是戰爭，這是單純的單方面射擊——南之軍根本就是把各國聯軍當活靶在打。

「散開！散開！」

護城河中的敵人做出了反應，他們在河中散開。

「展開煙霧！」

他們擲出了煙霧彈，想要干擾南之軍的視線。

但是——

「嗚啊啊啊啊啊啊啊！」

完全沒有用。

煙霧瀰漫開後，各國聯軍依然不斷中彈。

不如說他們的行動，反而讓他們更深陷泥沼之中。

感官共鳴後，南之軍的射擊並不是僅靠視覺瞄準。

使用煙霧進行視覺干擾，只不過是讓各國聯軍自己無法視物而已。

「開火！開火！」

南之軍的射擊，每一次都精準地讓一百五十人死去。

很快地，南邊的河上就浮滿屍體，染紅了河面。

「為什麼他們不用大砲或是飛彈之類的武器，從你們無法攻擊的遠方進行襲擊呢？」我對季曇春提出疑問。

「因為這座古堡中有著『季晴夏的祕密』啊。」季曇春露出像是已經完全掌握敵方想法的笑容，「他們不知道那個祕密是以怎樣的形式保存，有可能是一部影片，也有可能是一樣物品，甚至可能是一張紙而已。所以他們不敢使用會破壞這座古堡的大型武器。」

「若是妳把他們逼急了……」

「那也沒關係。」季曇春指了指那些服飾不同的各國軍隊，「就算真的有某國想要這麼做，其他國家也不會允許的。我剛剛不是說過了嗎？表面上他們一同向我們進攻，但私底下勾心鬥角的可嚴重了。」

「真是不智啊……」

若是真的合作，說不定戰況還不至於這麼慘烈。

「東之軍聽令！」

此時，葉藏冷冽又富含氣勢的聲音吸引了我的注意力，我往東邊看去。

「——拔刀！」

聽從葉藏的命令，兩百人同時從懷中拔出一把刀面上有著蝴蝶印記的小刀。

「病能充填！」

他們使用這把小刀，在自己的上臂劃了一道口子。

紅色的鮮血灑了出來，從手臂上滴落。

在血流淌過的地方，浮現出一隻紅色的蝴蝶，就像是肌膚吸收了這些血，將其化作蝴蝶似的。

「認知固定——」

葉藏將脖子上的紅色圍巾抽開，上頭的蝴蝶印記閃閃發亮！

「全員——『愛麗絲夢遊仙境症候群』展開！」

所有人同時拔出腰間的武士刀，發出「鏘」的銳響。

「『萬物扭曲』！」

他們高舉武士刀，閃亮的金屬刀面映照陽光，讓我的視線霎時為之一眩。

就在我眨眼的這一瞬間——

空間扭曲了！

所有人的武士刀同時向上延伸，從原本的幾十公分變成了三十公尺長！

還不只如此，本來一百公尺遠的敵軍，也像是瞬間移動般到了他們面前。

「斬！」

所有人將變長的武士刀向下揮去，兩百把刀從天而降，化作一道巨大無比的銀色月光。這股美麗無比的上弦月籠罩了整座湖，瞬間切斷敵軍的身體，割取了他們的性命！

各國聯軍連反抗的機會都沒有，就這樣一聲不吭的沉入湖中。

強烈的認知，足以影響生理。

雖然在現實的世界中，他們並非真的被砍斷；可是在認知的世界中，他們已經被一分為二。這股強烈的想法影響了他們的身體，讓生理機能瞬間停止。

「北之軍聽令！病能充填！」

北邊那個像熊一樣的粗獷漢子大吼。

一百人同時舉起左手來，食指上都戴著一枚蝴蝶戒指，只是與其他軍隊不同的是，這枚戒指左半邊一片漆黑，給人非常不好的感覺。

「北之軍，不要給俺出現固定認知太久的混球喔！要不然就算沒被病能吞噬，俺回去也會痛揍你一頓！」

粗獷大漢握住左拳，將左手舉到臉前。

此時，某種黑暗的氣息從戒指中竄出，就像是黑色的火炎。

這股黑焰朝北之軍全員攀爬而上，染黑了他們左半邊的身子。

「全員——面對左邊！」

一百人同時側轉身，將身體左側朝向北邊的湖面。

「『忽略症』展開——」

不祥的黑炎突然大盛！

「『刪除左邊』！」

隨著粗獷大漢的厲喊，這股黑暗以極快的速度向左方展開，填滿了整個湖面的上空。

黑暗浸染了北邊，就像是突然進入了深夜。

湖水變黑、水中的人變黑、湖水上方的雲變黑——就連護城河後方的敵軍都被這股不斷延展的黑給覆蓋。

看著這樣的情景，一個念頭無法控制的在我腦中出現——

「北邊……原本就沒有任何東西。」

不是黑炎將一切燒盡，而是那裡本來就不存在任何東西。

這個世界……本來就沒有北邊。

「病能解除！」

隨著粗獷漢子的指揮，所有黑暗彷彿被吸回去一般，退回到他們的戒指中。

「呼……呼……」

除了那個粗獷漢子外，北之軍的所有人都跪了下來不斷喘氣。

大量的冷汗從他們身上淌出，染溼了衣物。

剛剛的異常場景只持續了零點幾秒，短暫到幾乎讓人以為這不過是錯覺。

但是……

「天啊……」

出現在我眼前的慘況，在在提醒我剛剛發生了什麼。

——一個大缺口出現在敵軍中。

本來這座古堡被圍得像是鐵桶一樣，不管從哪個方向看都是人。

但現在……就像是被超大型的雷射砲打到，北邊整個空了出來。

不管是護城河中還是後方陸地的敵軍，所有人都像是失去電力般倒在地上。

所有人……都自殺了。

刪除左邊——將左邊世界抹消的病能。

被這股病能感染，自認為不該存在的他們，在那短暫的零點幾秒中了結了自己的性命，沒有一個人例外。

數千人的性命，就這樣在剎那間消失。

「對了……」

東、南、北邊都是壓倒性的勝利，那麼西邊呢？

我朝葉柔防守的地方一看——

只見染滿鮮血的她站在無數屍體上，一邊緩緩收刀一邊吐了口氣。

不知道是不是感受到我的視線，她朝我揮了揮手。

「季武哥哥～～我這邊已經結束了喔！」

「…………」

西邊的敵軍少說也有五百人啊……就這樣被她一個人解決了？

而且，這些人似乎死得無聲無息，我完全沒因為聽到異響而看向她這邊。

「啊！」

此時，葉柔被腳下的屍體一絆，滾了一圈後跌倒在地。

可能覺得很窘吧，她小小的臉蛋微微羞紅。

不管從哪個方向看，她都像個天真無邪的小女孩，實在難以想像她剛剛親手手刃了這麼多敵人。

「稟告公主殿下！」

此時，又有一個傳令兵急急忙忙的跑到季曇春面前，抱拳跪下說道：「我們這邊僅有一人被子彈擦傷，敵軍則死傷約三千人。」

「很好，就這樣繼續保持下去，讓他們知道攻打我們要付出多大的代價。」

戰事不斷持續。

季曇春站在古堡頂端，不斷隨著戰況變換命令。

「北之軍退下休息，不要再用『刪除左邊』的病能；南之軍分一半的人到北邊去進行狙擊！」

不管敵軍怎麼變化陣型，季曇春的命令總是能非常精準地瓦解對面的攻勢。

不過……

即使已經死了這麼多人，各國聯軍依然持續重整態勢——然後進攻。

屍體不斷在護城河中堆積，讓水變得越來越紅。

這真是一場慘烈到連看都不忍心看的戰爭。

各國聯軍完全無法與古堡方的軍隊相抗衡。

古堡這邊的人依然零陣亡，敵軍卻以每分鐘幾百人的速度不斷死亡。

這兩者間的巨大差距，就像是中古世紀的軍隊和現代軍隊打仗一樣，完全的一面倒。

不過……我心中隱隱覺得奇怪。

為何戰力差距這麼大，敵軍還是沒有放棄或是改變戰術呢？

莫非……他們有別的打算？

「季武哥哥！上面！」

可以看到致死事物的葉柔第一個發現異變。

幾乎就在她大喊出聲的同一瞬間——天空突然一暗！

我抬頭一看。

一架戰鬥機出現在我們上空！

——砰！

隨著這聲巨響，一顆炸彈就這樣完全填滿了我的視線。

這顆炸彈的走向，正是朝著古堡頂端的我們！

原來如此……這就是敵軍的計策。

前面犧牲的所有人命，都是為了這一刻的布局。

任誰都可以看得出來，古堡軍隊的領導人是季曇春。

要是可以用某種辦法殺了她而又不過度破壞古堡，那之後的戰爭情勢一定會朝各國聯軍那邊傾倒。

這一招，就是他們今天的最後殺著！

「保護公主殿下！」不知是誰這麼大喊。

所有人都朝向季曇春跑去，似乎是想要用自己的身體替她擋住這顆炸彈。

在這零點零幾秒間，我的腦袋不斷運轉。

這顆炸彈足足有一個人這麼大，它足以把整個古堡的頂端都炸毀。

就算再多人圍住季曇春也是沒用的，因為——

沒用的。

這邊的所有人都得死。

「感官共鳴！」

這真的是最後的機會了。

要是我能發動病能，說不定這邊的人還有救。

但不管我怎麼呼喚，我的病能還是沒回應我。

「該死……該死啊！」

炸彈已經在頭頂了，眼前的一切變得緩慢無比，就像是時間暫停。

我看到季曇春對我露出彷彿道別一般的笑容，也看到總是面無表情的葉藏臉色發青，想要從塔下衝上來，至於葉柔則使出了不像是人類的神技，沿著近乎垂直的外牆不斷往上跑，想要挽救這一切。

但是，一切都已經來不及了，即使是葉柔也救不了我們。

沒想到，我的最後結局竟就這樣突如其來的到來，連讓我向家人告別的時間都沒有。

看著頭頂的炸彈，我露出微笑。

——沙。

在這最後一刻，腦中的雜響響了起來。
但是，那已經不重要了。

「──我會守護妳的！」

我曾發誓過要守護自己的妹妹。
雖然我會死在這邊，但至少……我的妹妹葉藏和葉柔沒事。
這樣就足夠了──
「這樣就放棄了嗎？也太沒用了吧。」
一個奇異又冷淡至極的聲音突然在我耳邊響起。
我驚訝地轉頭一看，只見穿著黑衣黑褲的入侵者，不知何時出現在這個古堡屋頂處。
他拉開面罩，露出一雙再熟悉不過的眼眸凝視著我。
「若是無法守護家人，就不要自稱是季武。」
就在他這麼說的瞬間，他的雙眼瞳孔變成了「五」的形狀。
使用從我這邊偷走的病能，他化身成了我。
將雙腳用力向下扎根，不斷積蓄能量──直到地板出現龜裂，再也承受不住的那刻──
「五感、共鳴！」
──砰！

就像是火箭發射，他的起跳瞬間踏碎屋頂的磚瓦，揚起巨大的粉塵！

入侵者以極高的速度朝著炸彈迎面而去，破空聲響銳利得讓人想將耳朵捂起來。

就在兩者即將相撞的那瞬間——

炸彈消失了。

無數閃閃發光的粉塵從天而降，讓古堡一時之間變得無比夢幻。

我不知道他做了什麼，此時是普通人的我，根本就看不清他的動作。

但從他併成手刀的手，以及我對這病能的理解，我猜想他應該是用極高速的動作將炸彈切成了碎末。

——答。

落地的他站在我面前，以那變成五的雙眼默默看著我。

不知為何，看著這雙眼，我感受到些許的恐懼。

「做、做什麼？」

「…………」

「不要……不要不說話啊！」

「…………………」

「你到底是誰？」

為什麼要潛伏在葉藏的房間中？

為什麼要偷走我的病能？

為什麼要一直隱藏真面目？

「我是誰不重要。」他眼中寒光一閃，「你只要知道，我是你的敵人。」

「那你剛剛為何要救我？」

「我不是救你，我是為了救季曇春。」

「那你為什麼現在又要站在我面前和我說話？」

「……」

「現在的我雖然沒有病能，但我可以依稀感覺到，你的行動，似乎都是針對我而來的。」

「……」

也不知道是不是被我戳破了心聲，他不再發話。

過了良久後，他才緩緩開口說道：

「我警告你……絕對不要碰『季晴夏的祕密』。」

「……為什麼？」

「這個祕密，可以拯救世界，但同時也會毀滅世界。」

「你知道這是互相衝突的兩種事物嗎？」

不可能有一個東西同時是黑色也是白色。

同樣道理，一個祕密能拯救世界也能毀滅世界，那也是不可能的事情。

「總之……絕對不要挖掘『季晴夏的祕密』，連試圖瞭解也不要做。」

「為什麼？」

「……」

「既然不知道其中理由，那我無法答應你——」

——砰！

「你給我聽好了！」

入侵者抓住我的衣領，突然激動起來的他大聲說道：

「要是你知道了祕密，我就殺了你！」

——沙！

以極近距離看著入侵者的雙眼，我腦中的雜音又響了起來。

這雙眼……怎麼那麼熟悉？

「——小武，你是我第一個製造出來的病能者。」

「第一個……病能者？」

一個極其模糊的輪廓浮現在我腦中。

「——你並不知道……這句話的真正意思。」

不，我後來知道了。

非常確切的明白了「第一個病能者」是什麼意思。

「你是、你是……」

——沙沙沙！

我知道眼前這個入侵者是誰。

我知道他這麼做的一切理由，因為他是、他是——

——沙沙沙沙沙沙沙沙沙沙沙沙沙沙沙沙沙沙沙沙沙沙沙沙沙沙沙沙沙沙沙沙沙沙沙沙沙！

「啊啊啊啊啊啊啊啊啊啊啊啊！」

劇烈無比的頭痛襲來，就像是我下意識地拒絕想起任何事情。

再度的，深沉又厚重的黑暗籠罩了我……

DANGER! DANGER! DANGER!

病能武器

槍、彈

搭載疾病：依照病能子彈而訂

此把手槍長得跟 CLOCK 手槍很像，甚至可以說是一模一樣。
兩者間的相似程度有多高呢？大概是作者懶得想新設定這麼高（？）
病能槍的側邊有著代表病能者的蝴蝶記號。很神奇的是，在製造這把槍時，無論用什麼方法，都無法塗掉這記號。
病能者可以將自己的病能裝到特殊的子彈中。此時，子彈就會變成「病能彈」。不同病能者可以製造不同的「病能彈」，舉個例子，若是盲視患者這麼做，那他產出的就是「注視致命彈」。
使用病能槍，就可以打出各式不同的「病能彈」，中彈的人不會流血也不會受傷，但是會染病，成為弱化的病能者，至於病能的持續時間，要看「病能彈」的純度而定。

戒指

搭載疾病：忽略症（刪除左邊）

這個戒指長得跟我送給妹妹的戒指很像，甚至可以說是一模一樣。
兩者間的相似程度有多高呢？大概是作者懶得想新設定這麼高（？）
目前戒指形狀的病能武器只有忽略症版本，之所以會特別區分出來，是因為這種病能武器雖然威力很大，但非常危險，使用者要是一不小心沒控制好，身體的左半部就會被吞噬，因而機能停止。
人們必須經過大量的練習才可使用，而且常常誤傷自己人。在祕密之堡中，也只有北之軍被允許使用這樣特殊的病能武器。

DANGER! DANGER! DANGER!

病能武器

刀

搭載疾病：愛麗絲夢遊仙境症候群（萬物扭曲）

這把刀長得跟我家廚房的菜刀不太一樣，甚至可以說是完全不同。
兩者間的相似程度有多高呢？就說不同了，那當然是很低啊。
病能刀——葉藏率領的東之軍所使用的刀子。
這把刀子只有一般武士刀的一半長，長度近似小太刀。
病能刀可以當作一般刀子使用，而被此刀砍傷的人，也會因此而罹患愛麗絲夢遊仙境症候群，成為劣化的葉藏。
可以把病能刀想成是「塗了病能」在上頭的毒刀，要是使用得當，在近距離的肉搏戰中，是比病能槍更厲害的存在。
東之軍的人本身對刀術就有一定基礎，後來在葉藏的指導下，他們的技藝更上一層樓。為了更好的訓練他們，葉藏甚至率領全軍到廁所練劍，再度創造一個足以流傳後世的黑歷史。

Chapter 3 人身變換症

隱隱約約的，有一個細微的聲音響起。

「……」

「……秋……」

不管我怎麼靜心聆聽，都無法聽清楚這個聲音是什麼。

於是，我緩緩睜開了雙眼。

還有些迷迷糊糊的我環顧四周，發現我正位於一個廣大無比的房間中，天花板高到幾乎要望不到頂端。

房間後方的正中央有著一個高臺，高臺上頭是一尊華麗的王座。

雖然看起來很有氣勢，但不知為何我覺得那尊王座似乎有些孤獨。

「這個地方……是謁見室嗎？」

在古代，唯有被允許之人，才能進來這個地方參見國王。

我低頭看了看，王座的石製地板上鋪了一層布，而我正睡在上頭。

大概是在我暈倒時，有人把我抬到這邊吧？

「……人……」

此時，那個神祕的聲音又響了起來。

我抬頭一看，發現聲音正是從王座中傳來的。

彷彿被那股聲音魅惑，我順著臺階一步步地往上登，想要知道它在說什麼。

等到我來到王座後，才發現一個人正沉睡在其中，剛剛因為角度太低的關係，我沒察覺到這件事。

「……秋人……」

睡夢中的季曇春，喃喃念著不知道是誰的名字。

脫下水晶王冠的她，趴在王座的扶手上，看起來疲憊不堪。

微弱的月光從上方的窗子灑下，照在她身上，讓她看起來就像是個易碎的玻璃製品。

雖然我還不是很清楚狀況，但只要稍微細想就知道了，一個人要率領古堡內的人面對這麼多國的聯軍，想必承擔了不少壓力吧？

「秋人……不要……」

睡夢中的她再度發出呻吟，皺了皺眉頭。

此時，很神奇地，明明我和她沒有相處多久時間——

然而，一股強烈的憐惜之意突然從我心中浮現，讓我不由自主地握住季曇春的手。

我仔細端詳她的睡臉。

這個與季晴夏長得一模一樣的女人，和我之間究竟有著怎樣的淵源？

仔細想想，在剛剛炸彈要擊中她時，她似乎也朝我露出了笑容。

或許我和她其實認識，可是我忘了也不一定。

也或許是——我將她當成了另外一個熟識的人。

「嗯……」

可能是感受到我手的溫暖，她的呼吸變得平緩了些。

她回握住我的手，陷入深深的沉眠中。

我就這樣默默地在季曇春身邊陪伴著她。

心情很平靜。

非常平靜。

這幅情景，讓我感受到深深的懷念，幾乎就要肯定我其實與這個女人熟識。

自從在古堡中醒來後，我一直就像失了根的浮萍一般，找不到方向。因為不斷有著記憶上的缺痕，我無法相信自己的記憶，也無法相信自己的認知。

我甚至不敢肯定我身邊的家人，就是我認識的人。

但就在這瞬間，我感覺我找到了自己。

我就是季武——

「偵測到季武的認知。」

此時，某個毫無高低起伏的聲音突然響起。

「DNA一樣、聲紋一樣——確認是季武本人。」

我想找出聲音的來源，但我很驚訝地發現——

「季晴夏的祕密，準備開啟。」

這個奇異的聲音，竟是從季曇春的嘴中吐出。

季曇春依然是熟睡的狀態，眼睛連睜都沒睜開。

但這個像是機械人的系統聲音，竟違反季曇春的意志，不斷從她口中流瀉而出。

「認知灌入，第一章打開——」

我的身體一震，握著季曇春的手有些發麻，某種電流般的訊息從手部灌入，大量的認知在我腦中展開——

在這瞬間，不知為何我突然明白了。

這座古堡，是為了保存「季晴夏的祕密」而存在的。

若是季晴夏，會以怎樣的形式保存這個祕密？

若是那個凌駕所有人類的存在，會以怎樣的方式，來確保祕密不會被他人發現呢？

這個答案，就是「人類」。

季晴夏將這個祕密裝在了「季曇春」的大腦裡。

也就是說——

季曇春本人——就是「季晴夏的祕密」。

當我認知到這點時，我墜入了季晴夏的祕密中……

窺伺到了那個既可以拯救世界，又能毀滅世界的祕密。

這裡是一片白的空間，什麼事物都不存在其中。

「哈囉，小武，你來到這邊了啊。」

突然，一座「椅子塔」憑空出現在我前方。

無數椅子以巧妙的平衡堆疊起來，讓人覺得沒有倒塌真是某種奇蹟。

我抬起視線往上看，只見一個穿著白袍、少了一隻左手的女性坐在椅子塔的頂端。

——正是季晴夏。

我想要叫出眼前之人的名字，但不知為何，不管怎麼努力，都無法發出聲音。

椅子塔上的季晴夏低下頭來對我說道：「啊，你不能說話喔，這是……該怎麼說呢，你把此時的狀況想像成和電視中的虛擬人格說話吧？在這空間中，你不能開口發話，但我可以理解你腦中的所思所想。」

也就是說，我只要思考，就能和妳對話？

「沒錯，就是這樣喔。」

季晴夏回答了我心中的疑問，也印證了我的猜想。

「既然你都來到這邊了，想必是為了追尋『季晴夏的祕密』而來的吧？」

季晴夏「嘻嘻」一笑後，盤起修長的美腿，轉正面向我。

「那麼，廢話不多說，就快些開始吧。

「小武，不知道你有沒有想過一件事？人類的大腦具備著許多功能，它能運算、認知、感受、施令和儲存自身的記憶。那麼——」

季晴夏用僅存的右手豎起食指。

「若是將『其他人的記憶』灌入腦中，會如何呢？

「不管是『儲存自己的記憶』，還是『儲存他人的記憶』——同樣都是儲存記憶，感覺應該辦得到吧？

「所以，這次我就這麼做了。我將『祕密』存在季曇春的大腦中，把她的大腦當作儲存記憶的裝置。」

雖然我本來就無法回話，但此時聽到這句話時，我是真的說不出話來。

記錄在人類腦中的記憶……這種事別說聽聞了，連想都想不到。

「這些記憶構成了我，所以你可以把我當成季晴夏的分身——也就是小小的虛擬人格。接著，下一個問題，有沒有一個祕密，是『絕對不會被發現的祕密』？

「本來『祕密』的定義，就是極力藏起某樣事物，不讓人發現。

「但是，不管是再嚴密的保險箱，都有被偷走或被撬開的一天。於是，我決定這麼做——一開始就將『祕密』展現在眾人面前。」

季晴夏掩嘴笑道：「特地建立一座古堡，讓許多人守護這座古堡，這樣不管是誰，都會以為『祕密』在古堡中吧？殊不知這個『祕密』，其實就在他們眼前——就是他們眼前的季曇春。」

這種做法，從根本上就顛覆了祕密的定義。

我仰望著她，不僅是生理上如此，就連心理也是。

季晴夏是天才這種事，我再一次的認知到了。

「將祕密藏在人類大腦」、「一開始就將祕密曝光」——這兩道鎖的設定，讓除了季晴夏設定的人外，沒人可以發現這個祕密藏在哪裡。

「而且——」季晴夏露出微笑，「率領古堡之人的季曇春想必會成為敵人的目標吧？一旦她死了，那這個祕密就再也不會被人發現。」

她的表情，就像是在說一件再理所當然不過的事。

看著她高高在上的笑容，我不自覺地打了個寒顫。

她的想法，超出了人類能理解的範疇。

我對她的恐懼還不只如此。

感覺季晴夏若是設定了一個目標，就會想盡辦法去達成這個目標。

這過程中就算犧牲了多少人，她也完全不會猶豫。

此時，我的腦中浮現了一個情景——

季晴夏拚了命的往前走，然後無數事物因為跟不上，被遺棄在她身後。

那之中想必有著很重要的事物。

但是，她從來沒有回頭過。

「那麼，足以撼動人類和世界的『季晴夏祕密』究竟是什麼呢？」

季晴夏張開右手，彷彿宣告什麼重大事物。

「那當然是，有關『恐懼人類』的事。

「人類對人類的恐懼已經深植心中，只要時限結束，就會在腦中引爆，使人類變成『恐懼人類』，讓人類不由自主地自殺和互相殘殺。

「為了拯救人類，我發明了病能者，開始實施一連串的計畫。」

說到這邊後，季晴夏突然停頓。她沉默了一會後，才開始緩緩說道：

「小武，接下來我要說的真相，你聽了以後可能會崩潰。即使如此，你仍然想知道嗎？」

季晴夏右手朝我後方一指，不再說話。

此時，彷彿魔法一般，我身後的純白空間突然出現一道門。

想必季晴夏是要讓我選擇吧？是否要繼續聽下去。

要是選擇放棄，那我就可以從後方的門走出去。

看著面前的季晴夏，我有些猶豫。

該聽嗎？還是不該聽？

「——要是你知道了祕密，我就殺了你！」

神祕入侵者的聲音突然在我腦中響起。

我的拳頭緊握了起來！要是現在逃走，不就像是屈服於這個人的威脅嗎？

我不知道為什麼會心生想和這人對抗的念頭，但我無法接受什麼都不做，就這樣離開。

於是，我決定站在原地。

「看來，你是打算探詢這個祕密了。」

雖然季晴夏的微笑依然如舊，但不知為何，我覺得她的微笑中帶著一絲失望。

——就像是她其實並不想把這祕密跟我說。

「隱藏在這邊的祕密，其實可以用很簡單的一句話概括——『那就是我為了拯救世界，做了怎樣的嘗試。』

「人類的腦中，都潛藏著對人類的恐懼炸彈。那是長久以來累積、刻在基因中的恐懼，要拔除它，絕對不是一件易事。那麼，我們究竟該怎麼做呢？

「我第一個想到的法子，是『將所有人變成家人』。」

……咦？

當聽到這句話時，我的腦中似乎閃過了什麼。

「家族的羈絆，是人類和人類之間最為緊密的一種關係。若是大家都成為家人，或許人類腦中的恐懼炸彈就可以免於爆炸。

「於是，我決定研發一種病態——一種『可以改變人際關係』的病態。」

這瞬間——我感到頭腦變得清晰無比。

就像是一直以來籠罩於腦中的迷霧在這刻散開。

自從在這座祕密之堡醒來後，我就一直覺得有什麼東西不太對勁。

我的腦中一直出現雜音，但不論我怎麼拚命思考，都找不到解答為何。

這股窒息的壓力，就像是在我的心中上了一道重重的鎖。

而此時——

「小武，你聽過『人身變換症』嗎？」

季晴夏所說的話，化身成與我心中這道鎖吻合的鑰匙，逐漸將這個謎團解開。

「『人身變換症』，也稱 Fregoli 綜合症，這種病和被害妄想症有點像，患者不管看到誰——就算是全然沒看過的陌生人，也會覺得對方是自己熟識之人所偽裝的。

「狀況嚴重點的患者，甚至會全然不顧現實的狀況，把男生視作女生，把陌生人當成家人，把眼前的小女孩視作自己的父親或是哥哥。患者會堅稱自己的家人其實是化裝高手，可以變身成任何模樣，其目的為的就是能悄悄跟蹤自己。

「若是將這個疾病變成病能，那會如何呢？

「很簡單，只要是在病能範圍內，就能強制性的扭曲情感和人際關係。即使是陌生人，也可以將其變為自己的家人。

「我將這個病能，命名為——『家人製造』。」

家人……製造？

建立虛幻的人際關係？將不是家人的人變成自己家人？

——葉藏和葉柔的臉閃過我的腦海！

為……什麼？

為什麼此時我的腦中會浮現她們的臉啊！

我抱住自己的頭，簡直不敢置信。

她們不是我的妹妹嗎？

不是一直陪伴在我身邊的妹妹嗎？

要不是她們的幫助，我打從一開始就會死在病能者研究院啊！

那時，葉藏陪伴在我後方，而葉柔則引領在我前方——

咦？

葉柔不是之後在家族之島才出現的嗎？

到底是……怎麼回事？

那時，待在我身旁的人……究竟是……？

我完全……想不起來……

搞不清楚這個問題的答案，我理該混亂的。

但就在這刻——我的腦中反而清楚了起來。

因為我終於明白了，一直以來心中的違和感是怎麼來的。

我身邊的人際關係……改變了。

現在的我，確實是將葉藏和葉柔視為自己的家人，但若是季晴夏說的話屬實，那她們極有可能不是我的妹妹——

——鏘！

這瞬間，彷彿有某種禁錮我心靈的東西被打破！

一直以來壓在我心上的負擔被移除，我感到整個人輕鬆無比。

一旦意識到不對的地方，很多奇異之處就像是連鎖反應般一個接一個從心中冒出來。

是的，葉藏和葉柔並不是我的妹妹。

雖然不知道她們是我的誰，但至少可以肯定她們不是我的家人。

這就是……正確答案。

「我打算將『家人製造』的病能，強制性地感染全世界的人類。要是成功的話，那麼全世界的人類，將強制性的變為『家人』，如此一來，或許就能延緩『恐懼炸彈』爆炸的時間。」

季晴夏所說的事非常驚人。

她的計畫，一如往常地超脫人類的認知範疇。

「為了達成這個目的，我需要一個罹患『人身變換症』的病能者，來印證我的理論是否真的能實現。」

說到此處時，季晴夏突然低下頭，閉口不言。

長長的亂髮垂了下來，蓋住了她的臉，使我看不到她的表情。

這股突如其來的沉默，讓我有些不安。

「聽好了，小武……」季晴夏的聲音，比原先的低沉許多。

雖然很難置信……但她的模樣，就像是陷入了消沉。

那個超越人類概念的季晴夏，真的會有這樣的情緒嗎？

她不是應該一直坐在高處，以一派輕鬆的表情俯視人類嗎？

「聽好了，小武，接著我要說的祕密，除了會拯救世界，也會毀滅世界——你一定是這麼想的對吧？

「這確實是事實，但同時也不是事實。

「你有想過嗎？若是這『祕密』這麼恐怖，足以動搖世界，那我為何要將它儲存在季曇春的大腦中？我根本就不用這麼做吧？

「那是因為，這個『祕密』，其實是我的『自白書』。

「我所犯下罪行的……自白書。」

自白書？季晴夏所犯下的罪行？

她到底……打算說什麼？

「我不想讓這個『祕密』被小武發現，之所以存在這邊，或許是我隱約希望終有一天，會有某種不可抗力，讓你發現我所做的一切吧……畢竟，你遲早會知曉的。」

季晴夏露出有些沒精神的微笑。

看著她的笑容，我心中生出極端不祥的預感。

「為了知道我的想法是否正確，我需要一個如我所想的病能者。於是，我開始……製造人類。」

季晴夏站起身來，從高處望著我。

她露出了一如往常的自信微笑。

但是不知為何，我覺得她的模樣非常可怖。

她的身上，完全沒有人類的氣息，宛如一個長得像人類的怪物。

「聽好囉，我在開發病能者的同時，也踏足了人類絕對不該涉足的領域——

「我開始打造我需要的人類。」

製造……人類？

就在我想問得更清楚時——

「大膽！」

某道聲音忽然響了起來。

——啪！

眼前的情景猛地消失！

就像是電腦的電源突然被拔除，不管是季晴夏還是純白的空間，都在剎那間消失了。

「竟然擅自偷看『祕密』！」

重返現實世界的我，看到的是臉若寒冰、戴上水晶王冠的季曇春。

在幾乎要感受到彼此呼吸的極近距離下，她瞪著我的雙眼滿是怒火。

「抱、抱歉，我並不是有意的……」

面對季曇春的憤怒，我不禁後退。

她的視線就像銳利的刀子一般，狠狠地刺在我身上。

「何等膽大之徒！竟然趁我熟睡時冒犯我！」

坐在王座上的她，重重地拍了一下椅子的扶手。

——王。

這瞬間，這個字浮現在我腦中，占據了全部思考。

巨大無比的壓力壓在身上，讓我幾乎要喘不過氣來。

沒有親身體驗過的人，是絕對無法明白此時我的感受。

我記得之前也曾在葉柔身上感受過類似的氣息。

這是長年占據高位領導他人的人，才有可能具備的王者之氣。

季曇春憤怒地站起身來大喊：

「來人啊！將這無禮之人拖出去斬了！」

我的雙腳一軟，「撲通」一聲跪倒在地。

「小的罪該萬死！」我必須拚命忍耐，才能不被磕頭的衝動給支配，「我保證之後一定不會再這麼做了——」

「噗——」

突然，我的上方響起了笑聲。

「噗哈哈哈哈哈哈哈哈！」

那個笑聲非常愉快，就像是見到什麼有趣的東西。

我抬起頭來，結果看到笑得花枝亂顫的季曇春。

「啊哈哈哈哈哈！真是的，那個慌亂的樣子算什麼啊，也太好笑了吧。」

她指著我大笑，剛剛那股王者之氣就像幻覺一樣，消失得無影無蹤。

「妳、妳不生氣……？」

「有什麼好生氣的？」季曇春雙手伸到我的腋下，托起跪著的我，「只有符合資格的人，才能看到儲存在我腦中的『祕密』。既然你符合條件，那就不算是偷看吧。」

「那剛剛妳那麼生氣是因為……？」

「啊啊，那只是我逗著你玩的。」季曇春露出「惡作劇得逞」的笑容，「剛剛的感覺，很像是王族的人吧？」

「…………」

「不過你想多了，我只是負責統率這座古堡的普通人，才不是什麼王族呢。」

聽到她這番話，我微微張嘴，一句話都說不出來。

想必我現在的表情一定很蠢。

「『小的罪該萬死』……啊哈哈哈，你以為你在演古裝劇啊？不行，一想到我又想笑了——」

季曇春再度一點形象都沒有的捧腹大笑，我感到臉紅得像是要燒起來。

笑了足足三分鐘後，她才擦了擦眼角笑出來的淚水，向我說道：「季武，既然你都看到『祕密』了，那我想我必須再跟你自我介紹一次。」

季曇春從王座上站起身來道：「我是季晴夏製造出來的人類。季晴夏用她的細胞製造了我，所以我才擁有和她一模一樣的身材和長相。」

「妳是……她的複製人嗎？」

「嚴格說起來還是有所不同的，比方說……我不是病能者，而且性格和頭腦也和她天差地遠。」

「確實……」

要是像季晴夏那樣的人有複數個……這世界一定會變得一團混亂。

「我為了『儲存季晴夏的祕密』而生；然後，為了『守護季晴夏的祕密』而活；最終，我想我也會因『季晴夏的祕密』而死。」

可能是已經天明了，柔和的白光從窗戶灑落，照亮了季曇春的臉龐。

就像第一次見面所做的那般，季曇春拉起裙角向我行了一禮。

「歡迎你來到『祕密之堡』，季武。」

DANGER! DANGER! DANGER!

? ?

病能

家人製造

病能領域

？

疾病源頭：人身變換症（Fregoli Syndrome）

人身變換症，也稱佛列哥利症候群。此病的名字，是由義大利演員Fregoli而來。

在說明此病前，我們必須先說另一個疾病，也就是卡普格拉綜合症（Capgras Syndrome）。

卡普格拉綜合症是妄想症的一種，得到此病的患者，會覺得原本熟悉的事物變得非常陌生，明明在身邊的是從小到大照顧自己的父母，卻會覺得他們其實已經被「置換」掉了。

雖然長相一樣，行為和說話也與過去的父母相同，但在患者眼中，這樣的父母其實在某天就已經被其他人偷偷掉包，變成了另外一個人，只是裝作父母的樣子和自己一起生活。簡言之就是──患者會把熟識的人當成是陌生人，喪失對熟識之人的認同感和歸屬感。

現在把話題拉回原本的人身變換症。

其實這疾病，某方面可以說是與卡普格拉綜合症完全相反的疾病，人身變換症的患者，會把陌生人當作熟識的人，比方說走在路上，會一直覺得後面的路人其實是自己媽媽所扮裝，為的就是要監視和迫害自己。

但是，學者一般認為人身變換症是由卡普格拉綜合症的概念延伸而來。

也就是說，人身變換症其實是被歸為卡普格拉綜合症的一部分。

本作中為了創作方便，特地把人身變換症拉出來，並兼具了卡普格拉綜合症的特性。

DANGER! DANGER! DANGER!

Chapter 4
入侵者季秋人

雖然我對「季晴夏的祕密」後續十分在意，卻也不知道該怎麼繼續探詢下去。再趁季曇春意識不清時碰觸她的身體？不行，這也太奇怪了。

就在我錯過再度要求觀看「祕密」的時機，季曇春說要把我介紹給「祕密之堡」的大家，將我拉離了謁見室。

此時我和季曇春正走過長長的石製階梯，準備往古堡的下方前進。

「那個……公主殿下。」

「你的話，叫我季曇春就好。」

「……可以嗎？」

「當然可以。」

「那我就不客氣了……話說，現在不是還在打仗嗎？妳不用在古堡頂處指揮大家嗎？」

「我們都有排人手輪流戒護，要是真有狀況，會有警報聲響起，而且也會有人來向我通報。」

「喔喔。」

「這戰爭說不定會變成持久戰，要是不適當放鬆，可是撐不下去的。所以我也鼓勵古堡內的大家，能休息的時候要盡量休息，不要繃得太緊。」

「那妳不休息嗎？竟然還用這段寶貴的時間帶我去參觀古堡。」

我身旁的季曇春脫下了禮服和水晶王冠，戴著大大的帽子和口罩，打扮得就像是個想隱藏真實身分的大明星。

「別擔心，這也是一種放鬆啊。」季曇春揮了揮手，似乎是想叫我不要在意，「而且，聽葉藏和葉柔說，你喪失了一年的記憶對吧？說不定帶你走走逛逛，你會想起什麼也說不定。」

「嗯……謝謝妳。」

第一眼看到她時，她給我高高在上的印象。

但稍微熟了些後，發現她其實挺平易近人的。

「兩個月前，你、葉藏和葉柔來到這座古堡。可是在踏進這座古堡前，你似乎就陷入嚴重的昏迷。」季曇春在我身旁邊走邊說道：「我不知道你發生了什麼事，但葉藏和葉柔的神態都很緊張，於是我把你們收留在古堡中。只是很不湊巧的，之後就爆發了戰爭，古堡封了起來，使你們也一同被困在這邊。」

「原來如此……」

想必葉藏和葉柔是為了報答收留我們的恩情，才協助季曇春防守這座古堡的吧。

「在看過『祕密』後，你應該得知了吧？季晴夏製造了一個病能者，可以扭曲人際關係。」

「嗯……『家人製造』，對吧？」

強制改變人類感情，將他人變成自己家人的能力。

「我懷疑那個病能者——姑且稱他為『變換者』吧，如今就在這座古堡中。」

從「人身變換症」引申出來的綽號嗎？確實適合。

「為什麼妳會說『變換者』在這座古堡中？」

「我是統治這座古堡的人，這邊的一舉一動都逃不過我的眼睛。」季曇春皺了皺眉頭，「兩個月前，也就是你們來到古堡後，我的腦中開始出現雜音，這個雜音彷彿想告訴我這邊有某些事物不太對勁，後來我仔細留意周遭的細微變化，得到的結論就是——『變換者』潛入了這裡，改變了這裡的人際關係。」

這跟我的感覺是一樣的。

現在的我已經確定葉藏和葉柔不是我的妹妹。

然而，問題依舊沒有解決。

我真正的家人是誰？他們現在又在何方？

「除了『變換者』的問題外，一些古怪現象也在兩個月間頻繁出現。」

「什麼古怪現象？」

「神祕的『入侵者』，突然出現在這座古堡中。」

聽季曇春這麼說，那個穿著一身黑、用黑布包著頭的身影在我腦中浮現。

「不管怎麼追查，我們都不知道他是誰，也不知道他是怎麼來到這個地方的。恍若鬼魅一般，某天他就這樣突然從古堡中出現。」

「……該不會真的是鬼吧？」

「應該不是。因為堡內的人回報，這個『入侵者』會定時將菜偷走……說偷走也不太對，因為他會留下買菜的錢。」

「真是懂規矩的鬼啊……」

仔細回想，他也曾在炸彈要炸死大家時出手相救。

或許他不是壞人也說不定？

「——要是你知道了祕密，我就殺了你！」

不，不該這麼想。

我腦中浮現他那時的雙眼。

他是認真的，他的眼中有著無比強烈的殺氣。

要是我繼續探查季晴夏的祕密，他絕對會殺了我。

可是，事到如今要我收手，又怎麼可能辦得到。

「總之，因為這座古堡很大，所以即使已經動員全部的人在找他，我們還是無法發現『入侵者』究竟躲在哪。」

「為什麼妳要找他呢？」

「因為我覺得這個『入侵者』，極有可能就是『變換者』。」

「喔？」

「這座古堡目前有五百人，雖然他們都會使用病能武器，但他們都不是病能者。」

季曇春豎起食指，緩緩說道：「若用刪去法，那麼唯一有可能是『變換者』的嫌犯，就只剩『入侵者』了吧？」

「確實……」

不過，總覺得有些不對勁。

若真是如此，他為何能偷走他人的病能？

他是不是有著什麼我們還不知道的能力？

「不過呢……我剛剛的推測，說實在話，其實不太嚴謹。」季曇春豎起的食指不知為何開始繞起圈來，「這座古堡的人都是因為各式各樣的原因走投無路，被我從外頭撿回來。雖然我認為他們都是普通人，但難保其中沒人對我說謊。」

「而且，雖然妳說兩個月前就將古堡封起來，但妳也無法保證，這段期間，絕對沒人進出古堡，對吧？」

「是啊，其實這座古堡是季晴夏建造的，光是密道就有好幾條呢，我自己也不是全都清楚。」

「結果說來說去……還是一點結論都沒有嗎？」

「這也是當然的，畢竟當我們被『家人製造』的病能籠罩後，我們就無法以正確的認知來判斷事情了。」季曇春轉著的手指突然停了下來，指向我，並以再嚴肅不過的語氣問道：「在你眼中，我是誰？」

「………」

「回答我。」

那股王者之氣再度震懾了我，我不由自主地遵照她的命令回答。

「妳是季曇春，這座城堡的統治者，別人稱妳為『公主』。」

「你怎麼能肯定你的認知是正確的？」

「咦？這不是妳曾說過的話嗎？」

「但你怎麼能保證，你的這個認知，沒有被『變換者』扭曲過？」

「——！」

季曇春的話，就像一根棒子打在我的腦門上，讓我感受到深深的震撼！

她說得沒錯……

之前，我不就把不是家人的葉藏和葉柔，當作自己的妹妹嗎？

「『家人製造』這個病能，可以把陌生人變成家人。但是，當你把某人變成姊姊後，那你真正的姊姊會變成怎樣呢？」

「……會怎樣？」

「我也不知道。」季曇春收回指向我的手指後說道：「她有可能還是你的姊姊，也有可能就此變成和你完全不相干的陌生人。」

「嗯……」

「所以，說不定我是你的姊姊或妹妹，可是你完全不記得了。」

「有可能……」

「現在你明白這個病能恐怖的地方在哪嗎？」季曇春那與季晴夏無比相似的碧藍雙眼看向我，「那就是你無法相信任何人了。」

本來是家人的人，可能是陌生人。

本來是陌生人的人，可能是家人。

「所以，說不定我們一輩子都找不到『變換者』，也永遠搞不清楚『入侵者』究竟是誰。」

季曇春下了結論。

因為她的臉龐絕大部分被口罩和帽簷遮住，所以我不知道她現在是怎樣的表情。

可以改變人類感情和認知的「變換者」。

身分不明且可以偷走他人病能的「入侵者」。

這兩人有可能是同一人，也有可能是不同人，甚至有可能是我們再熟悉不過的人。

這座古堡有著許多不可解的謎團，真要找出真相，或許還需要更多的線索。

接下來的路程，我和季曇春默默地走著，一句話都沒說。

待走到不知多深的地方後，我們來到了一扇大大的木門前。

「到了。」季曇春推開厚重的木門，以得意的語氣說道：「讓我向你介紹，這是我們古堡內的『市集』。」

「有人要買肉嗎！新鮮的兔肉！今天早上剛殺的喔！」

「蔬菜，自己栽種的溫室蔬菜！有人要買嗎！」

「有人要磨刀嗎？有人要保養槍枝嗎？只要十分鐘，馬上幫你把武器的狀態調整到最好！」

眼前是熱鬧無比的早市情景。

這裡雖是古堡底下，但室內空間非常大，並不會給人壓迫的感覺。

眾多的白色日光燈掛在天花板，使得此處的亮度就和外頭差不多。

無數人聚在裡頭，想要賣東西的人隨意地擺了塊布和招牌，就這樣席地而坐開始叫賣。

儘管是大白天，但已經有人開始飲酒作樂。

「真是熱鬧……」

所有人的臉上都洋溢著滿滿的活力，看起來一點都不像是正在打仗的模樣。

「怎麼樣？」就像是想炫耀自己的小孩，季曇春挺起胸膛，一副得意的模樣。

「感覺很棒呢……」

「是吧，因為堡內只有五百人，所以大家彼此都很熟識，不會有人刻意哄抬物價，或是刻意找碴鬧事——」

「——**妳現在是不想喝俺的酒是不是！**」

一陣霹靂般的大吼！

「刻意找碴鬧事這種事……或許……還是有可能會發生的。」

季曇春以尷尬無比的語氣修改了剛剛的話。

市集中央，只見一個滿臉潮紅的粗獷漢子舉著酒杯，遞到一個高瘦女性的面前。

仔細一看後會發現，那名大漢，是率領擁有「刪除左邊」的北之軍將領，而那名高瘦女性，則是在屋頂指揮南之軍、槍術高超的女性。

「南，打贏仗就是要盡情喝酒啊！來！乾杯！」

那名像熊一樣的大漢拿著酒杯，似乎是想勸高瘦女性喝酒。

「喝酒會降低思考能力，變成跟北你一樣的笨蛋，所以我不要。」

「妳說什麼！」名為北的大漢一聲大吼，抓住了名為南的衣領。

「喂，不用阻止他們沒關係嗎？」

我指著他們倆，有些擔心地問著身旁的季雲春。

「放心吧，這兩人吵架是司空見慣的事了，你看周遭的人的反應。」

我打量周遭的人，只見圍觀群眾開始鼓譟叫好，有的人甚至開始下注賭說究竟誰會贏。

「我賭南大姊一千元！」「我賭南小姐兩千元！」「全部人都賭南小姐是要玩什麼！」

聽到周遭這麼說，北的臉漲得通紅！

「你們這群混蛋！南就算再怎麼沒女人味，好歹也是個女人！俺堂堂七尺男子漢，怎麼可能會輸給南這個傢伙——」

——砰！

南冷不防地朝北的鼻梁打了一拳！北瞬間倒下！

「勝利。」

南一腳踩在北身上，一臉冷淡地雙手高舉。

所有人鼓起掌來。

「值得紀念的一百勝！」「北你好歹撐個十秒好不好！」「兒子，看好囉，以後絕對不要變成像北一樣的男人喔！」

「嗚啊——！」北揮開南的腳，從地上跳起來大吼：「這是偷襲！要是堂堂正正的正面對決，俺怎麼可能——」

「北。」南舉起拳頭來，以平淡的語氣說道：「我現在要打你囉。」

「嗯？喔？妳怎麼——」

——砰！

趁著北一時沒反應過來，南再度招呼了他一拳！北瞬間倒下！

「正面對決，勝利。」

南一腳踩在北身上，一臉冷淡地雙手高舉。

圍觀的人對倒在地上的北發出了噓聲和倒彩聲。

「嗚嗚……」趴在地上的北不知道是不是醉了，竟然開始邊哭邊說：「妳就這麼不想喝俺的酒嗎？南。」

一個粗莽漢子就這樣躺在地上流淚，坦白說這情景還真是驚人。

「我只是不想讓自己的腦袋變遲鈍而已。」

「俺……俺可不是每個人都會敬酒的。」

「……這倒是真的。」

「俺只會敬自己認同的傢伙，俺敬了妳一年，而且都用最好的酒，但妳連一口都不嘗。」

「……」

聽到這席話，雖然表情還是沒什麼變化，但我感覺南似乎因為不忍而有些遲疑了。

「俺啊、俺啊……」北一把眼淚、一把鼻涕地說：「俺只會敬男子漢中的男子漢啊！」

「我可是女的啊，去死——！」

南的腳就像機關槍似的落在北的背上。吃痛的北不斷抽搐，過了一會後，他僵直在地上，一動也不動。

「關係真好呢……」看到他們這樣，我不由得有些羨慕。

「是吧？」在我身旁的季曇春點點頭，整個人散發出柔和的氣息，就像是在一旁守護自己小孩的母親。

我再度環顧周遭的眾人，只見每個人看到南這樣教訓北，都露出非常開心的笑容。

「雖然有些混亂，但這樣……其實也沒什麼不好。」

至少很熱鬧。

「我也是這麼想。」

季曇春稍稍拉下口罩，對我露出一個大大的笑容。

「話說……」

「嗯？」

「為什麼妳要戴著帽子和口罩呢？是因為妳不想讓人認出妳是公主——」

——我的嘴瞬間被季曇春捂了起來！

在這一刻，彷彿被施了魔法。

所有人都停下了動作——就連昏倒在地的北也睜開眼。

緊接著，所有人以極佳的默契開始四處張望！

「公主殿下來了嗎！」

「北你快起來！別讓公主殿下看到這麼難看的景象！」

「你們呆呆站著做什麼，全都跪下、跪下！」

先是一個人跪下，接著是第二個、第三個——

就像是海浪一般，所有人紛紛跪下。

為了怕自己站著太突兀被認出來，季曇春也拉著我一同跪下。

最終，市集中的所有人都跪在地上，就連渾身是傷的北都掙扎著爬起身跪倒在地。

「你現在知道我為什麼要遮住自己的面容了吧？」跪在我身旁的季曇春把帽簷拉得更低，在我耳邊小小聲地這麼說。

我趕緊點點頭，一句話都不敢吭。

雖然季曇春曾跟我說過，大家都是走投無路後被她撿來的，但此時我才深刻體會到這句話是什麼意思。

大家對季曇春的敬愛還真不是蓋的。

這樣全員跪下的狀態持續了好一段時間，才終於有人抬起頭來，發現了季曇春沒來的事實。

「真是的……原來是誤傳啊。」

「起來！都起來！北你可以繼續躺了，公主殿下沒來！」

「真是的……竟敢拿公主殿下開玩笑，要是被我抓到是誰，我一定把他打成半死！」

聽到最後一句話，我趕緊把頭低到不能再低，裝作沒事的模樣。

很快地，市集又恢復了剛剛吵雜的模樣。

「唉……真是的，把我當成一般人就好了，但不管說幾次，他們就是不聽。」

身旁的季曇春嘆了口氣。

「這表示他們很敬愛妳，是好事啊。」

「我不是不開心，只是……」季曇春搔了搔臉頰，像是有點不好意思地說：「只是……覺得他們有些太過頭了。」

「呵呵……」

「笑什麼？」季曇春瞪了我一眼，但我沒有回答她，只是持續笑著。

明明統治著這座古堡，卻一點架子都沒有。

真的很不可思議呢。

感覺越是跟她熟識，越是能理解為什麼大家這麼喜愛她。

「這位帥哥，要不要買剛出爐的新鮮麵包啊？今天的麵包是公主形狀，保證味道跟公主一樣好喔！」

「要不要買護身符？裡頭裝著我跟在公主殿下後面三十天搜集到的頭髮，非常有效喔！」

「要不要買公主殿下的雕像？你說這塊木頭怎麼刻得這麼粗糙？廢話！公主殿下的美貌和神聖誰雕得出來啊，這已經是極限了！」

每一間攤販大概都是這種感覺。

「現在……我有些理解妳說的『太過頭』是什麼了。」

「……對吧。」

聽到我這麼說，季曇春彷彿有些消沉地低下頭。

我環顧四周，隨處可見與季曇春相關的產品。就連沒什麼關係的肉攤和菜攤，也硬是要掛上「公主肉」、「公主菜」之類的名稱。

……這些人是愛季曇春愛到想把她吃了嗎？想想好像有點可怕啊。

「喔喔！這不是常常來我這買洋裝的美女嗎！」

「哪、哪有，老闆，我我我才不是什麼美女，妳別亂說了。」

此時，後方傳來了有些熟悉的聲音。

我轉頭一看，只見葉藏和葉柔這對姊妹逛到了一間洋裝店。身為店主的熟齡美女鼓起三寸不爛之舌，正不斷說服葉藏買下衣服。

「別說笑了！小姐妳身材那麼好，這件洋裝一定很適合妳！」

「怎、怎麼可能嘛，我不不不適合這麼可愛的衣服啦。」

我和季曇春躲在一旁偷看，只見葉藏雖然表情沒變，嘴角卻微微顫抖，似乎很開心。

「要不要買今天的新品啊？我算妳便宜一點——」服裝店老闆偷偷把標示在上頭的「300元」標籤撕掉，然後對葉藏說：「原價一萬，今天算妳三千就好！」

「喂……妳不是說不會有人惡意哄抬物價嗎？」

我手肘頂頂身旁的季曇春。為了遮掩自己尷尬的表情，她調了調帽子，讓帽簷變得更低。

「真、真的嗎？天啊，這麼難得的機會，錯過好像不太好……」

被當成冤大頭的葉藏抱臂沉思，露出很煩惱的模樣。

為了加強攻勢，服裝店老闆轉頭問向站在葉藏身旁的葉柔：「這位妹妹應該也覺得姊姊穿這件洋裝很可愛吧？」

「——我覺得姊姊就算穿破抹布也很好看！」

「…………」

葉柔突然的大聲回答，讓服裝店老闆沉默了一下。

接著，她就像是剛剛那段對話沒發生過般轉頭跟葉藏說道：「之前妳不是買了我這邊不少洋裝嗎？怎麼都沒看妳穿過？」

「我怕穿了以後會糟蹋那些洋裝，所以我都將它們好好地收在衣櫃中。」

「這樣太可惜了！妳穿起來——」

「姊姊穿起來一定很棒！」葉柔大聲接話。

「…………」

葉柔的突然插話，再度讓服裝店老闆陷入尷尬的沉默。但雙目無法視物的葉柔，完全沒注意到這件事，握著小小的拳頭大聲說：「姊姊不要再逃避了！俗話說得好：『人要衣裝，佛要金裝』。」

有些激動的葉柔繼續說道：「同樣的道理，就算是這麼不像女人的姊姊，只要穿上洋裝後，說不定也會有那麼一點點像是女人的！」

這到底是安慰、鼓勵還是諷刺啊？我還真分不出來。

不過葉藏聽了這話後身體一顫，像是深受震撼。

「別害怕，姊姊，就算妳變成多麼悽慘可笑的模樣，我這個妹妹都會陪在妳身旁的。」

「葉柔，妳……」聽到葉柔這麼說，葉藏的眼角泛出感動的淚水。

「真可惜我不能親眼見證姊姊穿上這洋裝的模樣——」

葉柔說到一半忽然閉上了嘴。

思考了一會後，她像是想到什麼似的說道：「對了，只要瀕死，我就能看到周遭事物。也就是說……」

——噗。

「客人！這位客人！妳為什麼突然用小刀刺自己的腹部！」

服裝店老闆被葉柔瘋狂的舉動嚇得花容失色。

「姊姊！快——咳！」大腿處蝴蝶印記閃閃發亮的葉柔咳了一口血說道：「快趁現

在穿上洋裝……」

「這位客人！妳還好嗎！我的洋裝上都是妳噴出來的血啊！」

「我知道了，葉柔！雖然很羞恥，但既然妳都這麼做了，那我也得做出相應的回報才行！」害羞到渾身顫抖的葉藏將身上的衣服解開，打算換上洋裝。

這種當眾脫衣的舉動震驚了所有人，讓市集陷入嚴重的騷動。

「季武，那兩個是你的妹妹？」季曇春指了指葉藏和葉柔。

「我不認識她們。」

我以我所能做到的最快速度，否定了彼此的關係。

「喔～～～」

看到我否認的樣子，季曇春嘴角彎了起來，連口罩都遮不住她那高高揚起的嘴角。

「葉藏和葉柔！」她突然用假音大喊：「妳們的哥哥也想看葉藏穿洋裝的模樣——」

聽到季曇春的叫喚，葉藏和葉柔同時轉過頭看向我這邊。

一時之間，所有人的視線都投了過來。

我趕緊搖手道：「不是！我不認識她們！」

「——！」

聽到我這麼說，不遠處的葉藏猛地一抖，露出大受打擊的模樣。

「不是、不是這樣的——」慌張無比的我大聲辯解：「不是我不認識她們，是我不想被其他人知道我認識她們——」

——葉藏露出了彷彿世界末日來臨的表情。

「不、所以說、就是……嗚！」

我背轉身去。

「嗚啊啊啊啊啊啊啊啊啊啊啊啊啊啊啊——！」

崩潰的我趕緊落荒而逃。

跟在我身後逃跑的季曇春，不斷發出愉快的笑聲。

我轉頭想要抱怨幾句，結果卻看見她開心無比的表情。

我輕輕嘆了口氣，最後什麼責備的話都沒說出口。

這個公主，真的是一點公主的樣子都沒有。

在葉藏的慘劇過後，我和季曇春繼續逛著市集。

此時，有一個攤位吸引了我的注意力。

簡易搭起來的桌子上頭，擺滿了印著蝴蝶印記的手槍。

「這個不是……」南之軍使用的槍嗎？

只要用這個對自己開槍，就能灌入「感覺相連症」的病能，進行「感官共鳴」。

「想買嗎？」

一個中性的聲音在我面前響起，我抬頭一看，只見剛剛與北演出一齣鬧劇的南，正以銳利的眼神打量著我。

她的頭髮很短，髮梢切得很整齊，只到下巴處。

臉上的五官很端正，但眼睛比一般人還細小。那內斂又深沉的目光，讓我聯想到了老鷹。

她給人的感覺很像初次見面時的葉藏，臉上沒什麼表情，說話聲音雖然淡淡的，卻能散發出一股冰冷的氣息，讓人下意識地不敢親近。

我身旁的季曇春為了不被認出來，默默地躲到我的身後。

「仔細一看，你不是公主殿下兩個月前招待到古堡的客人——『世界上第一個病能者』季武嗎？」南輕輕點了點頭，「很開心看到你，請稱呼我『南』吧。」

「……妳的名字就叫『南』嗎？」

「當我率領南之軍時，公主殿下賜予了我這個稱號。」她撥了撥耳際的髮梢，淡淡地說：「從那天起，我就拋棄了原先的名字。」

「喔喔……」

總覺得……有些帥氣呢。

這番臺詞，配上她淡漠的表情和簡潔的一舉一動，給人一種忠心護主的家臣形象。

「你想要這把『病能槍』嗎？」她指著桌上的槍問道。

「與其說想要，不如說很在意吧。」

畢竟裡頭裝的是我原本就有的病能。

「那麼這把送你。」

她拿了一把桌上的手槍，遞到我的手中。

「……這麼簡單就給我好嗎？」

「你不想要？」

「不，我確實需要，但這不算是什麼需要保密的機密事物嗎？」

「你是公主殿下的客人，那當然也是我們的客人。」她露出淺淺的微笑，「就算是最高機密的東西，只要你想要，我也會雙手奉上。」

我偷眼瞧了一下身後的季曇春，她點了點頭，示意我收下。

「那就謝謝了。」我收下了手槍。

對現在沒有病能的我來說，這是非常重要的護身器具。

「裡頭裝的是『感覺相連症』的子彈，只要朝著自己開槍，就能裝填『二感共鳴』的病能。不過這把槍也可以裝填其他病症的子彈，這樣就能視狀況切換病能了。」

「真是方便啊……」

我端詳著手上的槍，心中突然浮現「時代真的在改變」的感嘆。

「不過呢，要是不習慣，還是不要在短時間內裝太多種病能比較好。一般人的大腦承受不住這種異常認知，會就此壞掉的。」

「瞭解。」

手上的槍就跟一般手槍沒什麼兩樣，要不是多了個蝴蝶印記，還真看不出來它如此可怕。

「這把槍，是你們製造的嗎？」

「這些和病能有關的武器，幾乎都是季晴夏留下的。至於具體有些什麼，你可能要去問北，那個無可救藥的傢伙負責管理這些武器。」

提起北時，南本來動都不動的表情有了變化。她細細的眉毛皺了皺，像是對他感到很傷腦筋。

雖然是這般不滿的表情，但不知為何，我覺得她其實並不討厭北。

「總之，謝謝妳送我的槍。」

「不要客氣，你有了力量，說不定哪天就能代替我保護公主殿下，這對我們雙方都有好處。」

「妳還真的是將全部的心思都擺在季……擺在公主殿下身上呢。」

「那是當然的，她是我的救命恩人。」

南拉起左手的袖子，露出了扭曲且醜陋的火傷痕跡。

「多年前，我們全家遭遇病能者強盜，家裡被燒光，我的家人也都在那場災難中慘死。」

「公主殿下在那時救了妳？」

「不，並不是如此，我單純只是因為幸運而活了下來。在那之後的人生，我深深憎恨著病能者。我加入了『滅蝶』，只要是能殺害病能者的任務，我一定搶在所有人前面。」

「嗯……」

「當然，不是每次任務都會順利，在某天我重傷倒下、即將死去時，路過的公主殿下救了我，將我帶到了這座古堡中。」

「因為她救了妳的命，妳才對公主殿下這麼盡忠嗎？」

「怎麼可能。」她輕笑出聲：「心中充滿恨的我，怎麼可能就這樣感激一個人。」

「那麼之後又發生了什麼事呢？」

「在我醒來後，她用懇求的態度低下頭對我說：『我想要一個家人，妳願意當我家人嗎？』」她掩嘴笑道：「很奇怪吧，一個高高在上的存在，竟會這樣低聲下氣的請求我。」

我偷眼望向身後的季曇春，只見她手指搔著臉，顯然有些不好意思。

「接下來的幾年，她確實如家人一般對待我，甚至連她是怎樣的存在都毫不隱瞞地對我說。」

怎樣的存在……是說她被季晴夏製造出來的事嗎？

「就這樣，我說完了。」

南突然住了嘴，露出微笑。

「咦？就這樣？」也結束得太過突兀了吧？

「要不然你覺得應該要怎樣？」

「不是……難道就沒有什麼關鍵性的事件或是對話嗎？」

「還真的沒有。」南搖了搖頭，「她只是每天都跟我說話、吃飯、找我胡鬧，有時還會惡作劇過頭被我責罵。」

「真的……就這樣？」

「是啊，就是沒有特別的事件和對話才好。」南露出了雖然平淡，卻讓人看了印象無比深刻的笑容，「就是因為這些無意義的時光不斷積累，我和公主殿下才成為了真正的家人。」

「——！」

「重要的不是她做了什麼很厲害的事，而是她持續把我視作家人，和我一同度過這樣的時間。」南指著市集中的所有人，向我說道：「這裡的所有人，都是這樣成為公主殿下的家人的。」

「所有人？」

「是的，所有人都是。」

——心的某處顫動了一下。

我撫著胸口，覺得有些古怪。

剛剛的悸動……是什麼呢？

我轉頭看向季曇春，似乎是因為聽到南的話不好意思，她低著頭，雪白的耳垂滿是潮紅。

南所說的話確實讓人感動，可以從中感受到季曇春和堡內之人的羈絆。

可是……五百人都像家人一般相處？

就算季曇春對他們都有恩情，也對他們敞開了心胸，但這是很困難的事吧？

仔細一想……這不就跟「變換者」的病能一樣嗎？

改變人際關係，扭曲人類感情。

將陌生人變成家人——「家人製造」。

季曇春雖無數次跟我說過她是普通人。

不過，誰能保證她沒有說謊？

「——那麼，在這最後的時光，讓我賜予你最真實的謊言。」

腦中突然閃過一個情景！

戴著水晶王冠的季曇春站在我面前，眼中流下了淚，向我說出這番話。

這是……什麼時候的事？

這個記憶碎片只出現一瞬間，我拚命攪動腦汁，想要探究這記憶的全貌是什麼。

但不管我怎麼努力，我始終想不出這記憶是從何而來。

我唯一肯定的只有一件事。

——那就是季曇春在說謊。

若據她之前所說，她是在兩個月前才認識我，那我就不應該有這樣的記憶。

我的心中突然冒出一個恐怖的可能性。

若她……其實就是「變換者」的話？

當我這麼一想後，很多疑點似乎都有了答案。

我為什麼會認為葉藏和葉柔是我的妹妹？

很簡單，因為有人用病能改變了我的認知。

那麼，為何要這麼做？這麼做的好處在哪？

若是葉藏和葉柔是我的妹妹——

那麼在施恩於她們的同時，也能藉著她們的存在，將我綁在這座古堡中。

「季武，你怎麼了？」

季曇春彎腰看了看我，但我根本無暇回應。

她的身影在我眼中逐漸扭曲，我越想越是冷汗直流。

我看著市集中的人。

不只是我和葉家姊妹，說不定這間古堡的所有人，都是被「家人製造」的病態所影響，所以才如此敬仰季曇春，甚至還上了戰場為她賣命。

到底什麼是真？什麼是假？

此時，如鬼魅一般，一身黑的「入侵者」突然出現在熱鬧滾滾的人群之中。

他躲在季曇春的身後，以戒備的眼神看著我。

我知道的，自從在古堡中醒來後，他就一直躲在暗處監視我。

「——要是你知道了祕密，我就殺了你！」

為何這麼懼怕我知道「祕密」？

那之中到底藏著什麼我不該知道的事？

我不自覺地朝季曇春伸出手。

「不要看！」

「入侵者」大叫，朝我直奔而來。

但是，一切已來不及了。

我已將手按上季曇春的肩膀，在腦中發出了我想觀看「祕密」的強烈認知。

「偵測到季武的認知。」

季曇春的嘴中吐出毫無抑揚頓挫的系統音。

「DNA一樣、聲紋一樣——確認是季武本人。」

時間彷彿停止了。

在此電光石火之際，我看到了「入侵者」著急的模樣，也看到了季曇春的眼中流露出了些微的哀求之意，像是要我不要看「祕密」似的。

但是——

我再也不想被困在這樣詭異的氛圍中。

我一直聽到奇怪的聲音，一直感到有人在盯著我看。

我再也不想連誰是夥伴都不知道了！

被「想知道真相」的慾望支配的我，將眼中看到的事物都拋在腦後。

「第二章『祕密』，展開。」

一樣是純白的空間，眼前有一座高高的椅子塔。

「你又回來啦。」季晴夏坐在塔上，微微低頭說道：「真是傻瓜啊，你難道不知道，有些事情其實不要發現會比較好嗎？」

知道真相，總比什麼都不知道的好。

「即使是現在，季曇春都在努力關閉『祕密』喔。但因為你符合觀看『祕密』的資格，只要你強烈要求，那身為載體的她就無法違逆你的要求。」

要不是做了什麼虧心事，又何必這麼怕我觀看「祕密」呢？

「古堡中的和平景象難道不好嗎？你又有什麼好不滿足的？」

如果她是用病能扭曲大家的感情，那這樣的感情根本就不算真正的感情吧？

「在回答這問題前，我倒是想先問你——充滿真實的謊言，你覺得算不算謊言？」

既然是謊言，那不管多真實都是謊言，本質並未改變。

「既然你已經做出選擇，那我想我也別無選擇。」季晴夏盤起腿來說道：「我就繼續向你展示『祕密』了。」

她手指抵在下巴處，思索了一會開始說：「嗯……對了，上次說到哪裡？似乎是說到我開始製造人類的事吧？

「第一次這麼做時，是在五年前……不，現在已經是六年前了。我搜集各式各樣的人類細胞，進行人類的製造和培育。本來這麼做的目的，是想製造罹患『人身變換症』的病能者，用『家人製造』將所有人類變成家人。

「然而，事情並沒有照我所想的那般發展。」

季晴夏遙望遠方，似乎在回憶什麼。

經過短暫的沉默後，她才繼續說道：「我先說這件事的結論吧，我的計畫最後失敗了。人殺人的數量因為過於巨量，所以人類將對人類的恐懼存到了基因中，形成了『恐懼炸彈』。

「人類恐懼的——是『人類』這個物種。

「因為恐懼的是一個物種，所以『恐懼炸彈』這個問題，不是將全世界的人類變成家人就能解決的。其實我也曾想過將自己變成大家恐懼的對象，但是這個方法也會失敗，理由和上述的原因一樣，『我』並不能代表人類這個物種。

「為了拯救人類，我必須想一個方法拆除『恐懼炸彈』。這也間接導致了之後的『病能理論』和『病能時代』的產生。」

又是一陣突如其來的沉默。

季晴夏看著我，一句話都沒說——不，我感覺她其實是想說的，可是她不知為何沒說出口。

過了良久，她才再度開了口。

「季、季武。」

嗯？那個季晴夏，竟然會結巴？

「季武。」

季晴夏馬上改正，看起來就像什麼事都沒發生過的模樣。

剛剛……應該只是她一不小心咬到舌頭吧？

「小武，我曾跟你說過『你是我第一個製造出來的病能者』，你現在瞭解這句話的意思了嗎？」

面對她的提問，我搖搖頭。

「你還是想不起來自己十二歲前的記憶，對吧？

「你不可能想起來的。

「絕對不可能想起來的。

「本來就不存在的事物，怎麼可能會有想起來的可能呢。

「季武你啊……打從一開始就是十二歲。」

我……打從一開始就是十二歲？

怎麼可能。

「不，這是可能的。」

「因為——」

季晴夏緩緩說道：

「你就是我製造出來的人類啊。」

——宛如五雷轟頂！

季晴夏的話劈入我的腦內，讓我的思考變得跟周遭一樣空白。

聽到她的話，我的心中應該要冒出很多想法或是很多情緒。

然而，現在的我真的是什麼事都無法思考。

人類在過度震驚時，會完全無法思索任何事情，原來這句話是真的啊。

「——既然你沒有家人也一無所有，那麼之後你就當我的弟弟吧！」

某道過往的聲音浮現在我心中。

「——從今天起，我就是你的姊姊了。」

我抬頭看向眼前的季晴夏。

她一直喚我「小武」，我始終沒有深思她為何這麼叫我。

直到腦中浮現一個可能性。

莫非……她才是我真正的家人？

「被我製造出來後，我要求你成為我的弟弟，而你也答應了。但是在你眼中，你覺得這樣的關係算是真正的家人嗎？」

季晴夏高高在上的笑容，染上了一絲陰影。

「就算積累多少時光，就算付出多少感情，但就像你說的，即使再怎麼真實的謊言，畢竟還是謊言，對吧？」

我……是季晴夏製造出來的人類？

這個事實已經超越讓我震驚的範疇了。

我看著自己的手，只覺得一點真實感都沒有。
這是……真的嗎？
「這是真的。」
季晴夏斬釘截鐵的話語，斬碎了我心中最後一絲懷疑。
「這就是我的第二個罪。」
她從塔上站了起來，右手扠著腰注視我。
「而且，我說『你是我第一個製造出來的病能者』的意義，還不只如此。」
彷彿想要快點把這些話說完，季晴夏的語速比剛剛快了些。
「所謂的實驗，是一次就會成功的嗎？當然不是。就算我再厲害，還是得反覆經歷失敗的過程，才能找到唯一一條通往成功的道路。
「為了拯救人類，我設定了『病能者計畫』。不過在實行這企劃之前，我也歷經了失敗的『恐懼轉移計畫』、『全體家人計畫』。」
季晴夏站在高處，看起來一點悔意都沒有。
對於她所做的事，她從沒感到後悔。
所以，季晴夏從不道歉。
「你也是一樣。」季晴夏指著我，「『你是我第一個製造出來的病能者』。現在，你明白這句話的意思了嗎？」
第一個……第一個？
一股極其不妙的恐懼從我心中冒了出來。

就在此時——

純白色的空間晃了晃，就像是電力不足而要消失一般。

——啪！

一道裂痕出現在我面前，透過這道裂痕，我可以看到現實中的世界。

——入侵者已經來到我的面前了！

可能是因為兩邊的時間流逝不同，他以極其緩慢的動作，想要伸手把我從季雲春身邊推開。

繼續觀看「祕密」的時間，已經所剩無幾了。

「在製造出『成功的季武』之前，我製造出了無數個失敗品。」

隨著季晴夏越說越多，我心中的恐懼也越來越大。

不同於我被製造的事實，這個恐懼非常有實感，就像是近在咫尺。

在哪裡？

究竟在哪裡？

我不斷地環顧四周，想要把這股不安的來源找出來。

最終——

我的視線停在了一雙眼睛上。

那是……入侵者的雙眼。

無比熟悉又令人懷念的雙眼。

——為什麼要潛伏在葉藏的房間中？

——為什麼要偷走我的病能？

——為什麼要一直隱藏真面目？

這些問題，全都有了答案。

因為——

「其中一個季武的失敗品，後來裝了『家人製造』的病能，成為你們口中的『變換者』。」

他……就是我。

那個入侵者……就是我啊。

「他的名字，叫做季秋人。」

——砰！

一聲大響，整個空間被撕裂！

被入侵者撞開的我，就這樣從「祕密」中跌回現實世界。

我跌坐在地，而一身黑的入侵者站在我面前。

「所有人聽令！」我身旁的季曇春拿下帽子和口罩，指著入侵者大喊：「將這個無禮的傢伙抓起來！」

嘈雜的市集瞬間安靜了下來。

——鏘！

以極為默契的動作，堡內之人團團圍住入侵者，舉起武器瞄準他。

「等一下！」我趕緊大喊：「等一下！先讓我跟他說幾句話！」

所有人聽到我這麼說後，同時將目光轉向季曇春身上，尋求她的意見。

季曇春看了我一眼，可能知道不管怎麼勸阻都沒用吧？她在輕嘆了一口氣後，點點頭應允了我的要求。

人群逐漸分開，將一道足以讓人行走的通道讓給了我。

我緩步走到入侵者面前。

「我已經知道……你是誰了。」我對他這麼說。

「……」

入侵者先是沉默了一會，後來可能知道我說的是真的吧？他將手伸向頭上的黑布，緩緩地將其解開，並將蓋著臉龐的兜帽向上提了提。

「哇……」

就在他現出真面目的瞬間，市集中的所有人都倒抽一口氣。

因為，那是一張與我一模一樣的臉。

「我的名字，叫做季秋人。」他對我這麼說道：「如你所見，我是季武的失敗品。」

——我是季晴夏製造的人類。

這件事因為太過跳脫人類的理解範疇，所以我原先一點實感都沒有。

但此時看到季秋人，我才深深感受到——

「這一切……都是真的啊。」

我是這世上第一個病能者，同時——

我也是一個與其他人不同的虛假存在。

「還記得我嗎？」季秋人向我問道。

「……記得你？」

「我們兩個月前曾見過一面。」

「啊……」

——沙。

心中出現了許久不見的雜音，我的腦中浮現了一個情景。

——我和一個長得跟我一模一樣的人面對面站著。

就像此時一樣。

「……」

「……」

我們互看著彼此，一句話都沒說。

事實上，我也不知道該對他說什麼好。

「當初，我看到你時，你還記得我跟你說了什麼嗎？」

突然，季秋人打破了這個沉默。

「……」面對他的疑問，我搖了搖頭。

「我跟你說了——」

他緩緩走到離我只有一步之遙的距離，向我說道：「憑什麼你擁有一切，而我卻一無所有？」

「…………………」

露出再悲哀不過的笑容，季秋人說道：「憑什麼你能擁有正常的生活，而我卻只能躲躲藏藏？」

「……我並沒有要求你這麼做。」

「但只要有季武這個成功的存在，我就註定是個失敗品。」

「……」

「我嫉妒你擁有家人、擁有夥伴——我嫉妒你擁有的一切！」

——答！

只不過一瞬間，他就將一步的距離消除了。

「我說過了，我是你的敵人。」

他繞到我身後，將我的手折到後方。

「我要奪走你的一切！」

以俐落無比的動作，他從懷中抽出短刀，砍向我的脖子！

他是來真的。

這一切來得太過突然，無人可以阻止。

南的槍來不及、葉藏的刀來不及——就連距離我最近的季曇春都無法阻止這一切。

在人生的最後一刻，我看著季秋人那與我一模一樣的臉，滿腦子都是季晴夏剛剛所說的話。

就像是在經歷死前的走馬燈，一段又一段的記憶從身體深處被拉了出來。

六年前被製造出來、做為季晴夏的弟弟而活、不斷追著她身後跑、最後在家族之島和她反目成仇。

季晴夏……不，晴姊。

我終於連妳是我真正的姊姊這事也想起來了。

如果妳說我是成功的，那妳為什麼又要讓季秋人活下來？

妳將「家人製造」的病能賜予了他，又是為了什麼？

妳的眼中，到底看著怎樣的情景？

是因為我在家族之島沒有順從妳的要求死去，所以妳才給我這樣的懲罰嗎？

——讓我被自己的失敗品殺死。

這樣的終末，便是妳想要給我的事物嗎？

就在我幾乎要陷入絕望的那刻——

——鏘！

一聲大響，季秋人手中的刀飛向空中，我從鬼門關前被拉了回來！

我順著視線前方一看，只見葉柔拿著南的步槍，槍口處冒出淡淡的硝煙。

「這次……我終於趕上了。」

葉柔對我露出笑容。

看不到的人使用槍，真虧她想得出來。

「嘖……又被葉柔阻止了。」我身後的季秋人咂了咂舌。

「——趁現在，所有人抓住他！」

季曇春下令，堡內的人再度舉起武器。

季秋人眼中的瞳孔變成了四，擺出了架勢。

狀況一觸即發，看來一場混戰已是無法避免，但就在此刻——

——轟！

古堡劇烈的搖晃，恍若有什麼東西突然爆炸！

「敵襲！敵襲！」

警鈴大聲響了起來。

「各國聯軍發動了猛烈的攻擊！支援！請盡速派遣支援過來！」

Chapter 5 病能武器

聽到警報後，所有人一片譁然。

因為情況緊急，整個市集的人都想走出去，一時之間狀況異常混亂。

趁此時機，季秋人轉身跑進人群中。

我本想追，可是人群就像洶湧的潮水把我隔開，也連帶淹沒了他的身影。

我身旁的季曇春戴上水晶王冠，大聲說道：「南聽令！」

「在。」南迅速跑到季曇春面前，單膝跪下。

「率領一半南之軍維持秩序，讓大家依序出去！」

「是！」

「剩下一半跟著我去堡頂，掩護好我的安全，跟著我掌握戰局。」

「遵命！」

季曇春接著又下了幾道命令，本來混亂的眾人迅速平穩下來。

我看著季秋人消失的方向，猶豫到底要不要追上去。

——沙。

我已經幾乎想起了所有事，葉藏和葉柔並不是我的妹妹。

她們雖然不是我的家人，卻是我很重要的夥伴。

至於季晴夏則是我的姊姊。本來我十分仰慕她，但是在家族之島，我們正式成為了敵人。

在一年前，院長將製造病能者的方法公開給各國，讓世界變得一團混亂。

為了拯救世界，我在兩個月前跑到這座古堡，在那邊見到了我的失敗品——季秋人。

「嗚……」

頭腦深處隱隱作疼，我按住自己的頭。

——沙沙。

我應該想起所有的事情了啊？那這股雜音究竟是哪裡來的？

我到底……還忘了什麼？

『——武大人。』

「咦？」

我猛然回頭一看，卻什麼都沒看到。

我不斷用視線掃視周遭的人群。剛剛那道聲音，從很近的地方傳來——我想找到「她」。

我的直覺告訴我，「她」就在我的身邊。

「但是……那個『她』，究竟是誰呢？」

我……想不起來。

不管怎麼搜尋腦中的記憶，我都找不到有關「她」的記憶。

『——奴婢在這邊啊。』

在哪裡？

為何我……什麼都找不到。

——沙沙沙沙沙沙沙沙沙沙沙！

腦中的異響越來越大。

此時，我突然想起了一件事。

——我不能想起「她」。

要是想起這個「她」，將會有十分恐怖的事發生——

——啪！

此時，一個人拍了我的肩膀，嚇得我跳了起來。

「季武。」拍著我肩膀的季曇春，有些擔心地問道：「你發什麼呆？身體狀況不好嗎？」

「沒有……」我搖了搖頭，強自讓自己振作。

「好，那你待在我身邊。」切換到領導人模式的季曇春，露出自信的笑容說：「放心吧，一切都不會有問題的。」

——答答答答答答答！

子彈彷彿傾盆大雨般籠罩古堡的屋頂。

而屋頂就像被無數的冰雹砸到，沒有一寸磚瓦是完好的。

「嘖……完全出不去。」南在旁咂舌。

我們一行人擠在通往堡頂的門前方，完全動彈不得。

從通往堡頂的門縫中，我向外望去。

只見十幾架戰鬥機在古堡天空盤旋，就像子彈不用錢一般，不斷撒下火網，讓堡內的人一步都無法走出去。

「稟報公主殿下！配合空中的攻擊，四方都有敵人渡河！」北的左手還在流血，但他就像沒事般的進行報告：「敵人的空中攻擊非常猛烈，俺剛剛不過是冒險往外一望，就差點丟了性命！」

在上一次攻擊後，各國聯軍很快就調整了戰略。

只要用空中的戰鬥機進行火力壓制，堡內的人就不能走到護城河的沙灘處進行防守，也不能登上堡頂進行狙擊。

若這狀況持續進行下去，敵人就能不費吹灰之力地登岸，對這個古堡進行攻城行動。

要是真的進入近距離的亂戰，那就真的是幾萬人對五百人的戰爭了，根本就無法與之抗衡。

果然，雖然對方還不懂怎麼應用病能，但雙方不管是戰力還是財力上的差距實在太大了。

「……」所有人都沉默下來。

一時之間，氣氛變得非常沉重。

大家同時在此刻意識到了：上一次的勝利不過是一時的僥倖。

只要對方願意，碾碎這座古堡根本是輕而易舉的事情——

「好了！都抬起頭來！」

——啪！

季曇春拍一下手，強制切斷這個自暴自棄的氛圍。

「大家這都是什麼表情？要是繼續這樣下去，本來能贏的戰爭也都變得不能贏了。」

「……公主殿下，我們真的能贏嗎？」

「當然能贏。」

「可是——」

「你們知道為什麼能贏嗎？」就像在說一件理所當然的事，季曇春挺起胸膛，雙手扠著腰說道：「因為，你們是我率領的軍隊。」

「……」

「我率領的軍隊，豈有輸的道理。」季曇春搖了搖手，以輕鬆的態度說：「啊～～不可能不可能，絕對不可能輸。」

「……是啊。」

不知道是誰先開了口，接著，附和的聲音越來越多。

「公主殿下說得沒錯。」「有公主殿下在，我們是絕對不會輸的。」「我們到底在擔心什麼，真是太杞人憂天了。」

說著，大家臉上都浮現出了微笑。北不斷的點著頭，南甚至還偷偷擦了幾滴因為感動而流出來的淚水，以崇拜至極的眼神凝視季曇春。

在一旁的我看著季曇春的笑容，心想真是不可思議。

她說的明明就不是什麼很厲害的話，卻能很輕易地滲透、感染他人的心。

不過才短短一瞬間，剛剛那股低迷的氣息就像原本不存在似的消失無蹤。

「好了，其實現在狀況也沒那麼絕望。」季曇春指著天空的戰鬥機，「只要把戰鬥機都解決掉，我們就能走出古堡，再度複製上次的戰術，守住四方想要渡河的敵軍，對吧？」

「可是……公主殿下，不是我想質疑妳。」南舉起手來，提出了她的疑問：「現在最大的問題，就是我們要怎麼解決空中的敵人？」

「『我』會去把它們都解決掉。」

季曇春指了指自己。

「公主殿下妳？」

「是啊，就是我。」

南先是沉默了一會，接著搖搖頭說道：「不可能，公主殿下一個普通人，是不可能解決十幾架戰鬥機的——」

「有可能。」季曇春打斷南的話後，以嚴肅的表情緩緩說道：「因為，我打算使用『禮物』。」

「……『禮物』嗎？」

「沒錯。」

「這座古堡是靠公主殿下的人望和領導才能存活至今的，我實在不建議公主殿下以身犯險。」

「但『禮物』也只有我能使用吧？」

「嗯……」

我的視線不斷在南和季曇春之間來回，南咬著下脣一臉不甘，而季曇春則是擺出一副「沒什麼好擔心」的表情。

究竟「禮物」是什麼呢？

「在我回來之前，南妳就代替我當代理領導人吧。」

季曇春突然將水晶王冠脫下，放到南的頭上。

南就像被電到一般跳起來說道：「怎麼可以這樣！小的——」

「妳不聽令嗎？」

「…………」

「回答我，妳聽不聽我的命令？」

「……遵命。」

「很好，眾人聽令，從此刻起，南就是我的代理人，大家要盡心輔佐她！」

「——是！」所有人大聲應答。

確認都沒問題後，季曇春拍了拍我的肩膀，「那麼季武，我們走吧。要使用『禮物』進行戰鬥，還需要你的力量。」

「……『禮物』究竟是什麼？」

「喔喔——對了，你還不知道啊。」季曇春露出微笑道：「之所以叫做『禮物』，是因為那是季晴夏留給我們，等到緊急狀況時才能使用的武器。」

「那個季晴夏……留下的事物？」

「沒錯，這個『禮物』啊——可以說是『祕密之堡』的最後王牌喔。」

噴射機。

來到古堡最底處後，矗立在我面前的，是一架全黑的噴射機。

全長十四米、翼展七米、高四米，靜靜趴臥在地上的它，看起來就像一隻黑色的巨大老鷹。

噴射機的前方，是一條長長的地底跑道，讓它可以藉著這個跑道衝出地面，從離古堡大約有五百公尺遠的開口處飛出來。

我靠近觀察這架噴射機。它有著流線型的外觀、黑到發出光芒的機身，以及印在側面的白色蝴蝶印記。也不知道是怎麼製造出來的，這架噴射機一體成型，從外觀完全看不出來任何接縫。

「這就是……季晴夏的『禮物』？」

我摸著滑順無比的機翼，心中感到非常驚訝。

「沒錯，就跟『病能槍』一樣，這架『病能戰鬥機』也是由季晴夏所發明。它使用病能做為燃料驅動，並以認知進行操控，最高速度可到四馬赫，上頭還搭載了各式各樣的病能武器。」

「病能武器？」

「這是『病能時代』出現的新名詞，泛指所有和病能有關的武器。」穿上便服的季曇春，指著我腰間的病能槍說道：「目前只有我們『祕密之堡』的人使用病能武器。但據我所知，外頭的大組織——『滅蝶』，也開始研發這種武器並且進行量產。」

「『滅蝶』……」

「是啊，她們靠著病能武器，在與其他國家的爭鬥中，逐漸占了上風。」

「一定是因為院長的關係……」

穿著層層和服、拿著扇子的嬌小身影浮現在我腦中。

家族之島事件後，院長公布給世界的，僅有病能者的製造方法。

但解析了最強電腦，我相信院長一定將許多機密資料藏在心中，獨占了這一切。

在還沒得到這些資料前，她就能製造病能手銬限制我和葉藏了。

那麼，在她得到了季晴夏的智慧結晶後，研發和創造病能武器，想必對她根本就不是一件難事吧？

念及此，我突然打了個寒顫。

總覺得院長正一步步的進化，逐漸變成與季晴夏相似的存在。

若是這世界再多一個季晴夏……若是院長與季晴夏進行戰爭……

這世界會變成怎麼樣？

「季武，快坐上『禮物』吧。」季曇春的催促，打斷了我的思緒。
「我也要坐進去？」
「是啊，已經快沒時間了，我們要趕在敵人渡過河前，掃蕩掉天空的敵人。」
「我說啊……妳是不是誤會了什麼？我完全不會駕駛噴射機啊。」
「放心，操控飛機的人是我，你只是個在我有個萬一時的保險。」
「……為什麼找上我？」應該有更多比我更適合的人吧？
南、北，就算是葉藏和葉柔，都比現在是個普通人的我還可靠。
「這架噴射機並不是誰都能使用的。」季曇春拍了拍機身，「只有和季晴夏有關的家人才能使用。」
「家人……嗎？」
我不過是個被季晴夏製造出來的人類，這樣的存在，真的算是家人嗎？
「季武。」不知道是不是看穿了我的心聲，季曇春露出與季晴夏一樣的微笑，突然向我問道：「充滿真實的謊言，你覺得是不是謊言呢？」
「……」
「若照你之前所說的，不管立意多良善、不管過程多麼真實，只要本質是謊言，它就是謊言。」
「嗯……」
就像我雖是季晴夏的弟弟，但我畢竟不是她真正的家人——
「白痴～～～～」

——啪！

季曇春拍了一下我的頭！

抬起頭來的我驚訝地看著她，她則對我露出「受不了」的表情。

「謊言又怎麼樣？」

「可是……」

「在你面前站著的，不就是這世間最大的謊言嗎？」

「——！」

看著微笑的季曇春，我一句話都說不出來。

她指著自己說道：「我可是季晴夏的複製品喔，要說到存在意義什麼的，除了謊言和無價值外，我還真找不到其他形容詞來形容自己。」

「不是這麼說的……」

「就是這樣，我就是個大謊言。但那又如何？」季曇春爬上機身，站在高處向我說道：「我從沒因為自己是謊言而自卑過。」

「……」

「身為謊言的我努力管理這座古堡，出外找到了五百個家人，然後現在正拚了命的想要拯救他們——若依照你的說法，這一切也都是謊言，是嗎？」

彷彿被她的話折服，我低下頭道：「抱歉……是我錯了。」

「不，你沒錯，不管再怎麼真實的謊言，它還是謊言。」

她朝我伸出手，露出如陽光般燦爛的笑容。

「但是——

「沒人規定不能相信謊言，也沒人規定謊言不能拯救他人。」

仰望高處的季曇春，我突然有些羞慚。

在這古堡醒來後，我滿心想的都是自己。

我想要搞清楚自己的存在，想找回那失去的過往。

我從沒看著「現在」。

我被腦中的雜音所困，一味的追求不知在何處的聲音和季秋人。

現在可是戰爭啊！

在這麼危險的時刻，我竟沒想著要守護葉藏、葉柔、季曇春——沒有想要守護任何人。

「謝謝妳，季曇春。」我握住她伸出來的手。

她拉了我一把，將我拉上了機身。

「若是現在還來得及，請讓我和妳一同守護古堡中的人吧。」

「很好。」

季曇春點了點頭。

「這才是我認識的季武。」

「在堡內開槍！不要讓他們輕易渡河！」

隱隱約約的，可以聽到南在對堡內的人下令。

「把敵人誘導到一處後！北，再用你『刪除左邊』的病能一口氣解決！」

看來，她正想方設法阻止敵人。然而被困在堡中，他們能用的抵抗手段十分有限。

「沒時間了，快點吧！」季曇春坐進了駕駛艙。

這個「禮物」的駕駛艙有兩個座位，分別在前與後。

但與一般噴射機最大的不同點是，駕駛艙的外殼是全黑不透光的，裡頭也沒有任何儀表板。也就是說，若是坐進去，我們根本無法以視覺看到外頭的狀況。

「快！戴上頭盔。」

順著季曇春手指的方向，我在座位上看到了我在最強電腦前曾看過的透明頭盔。

雖然心中有很多疑問，可現在不是問問題的時候，於是我順從她的指示戴上頭盔，坐在她的後方。

「身分辨識——DNA與季晴夏一樣，符合資格，蓋上駕駛艙——」

頭上的蓋子緩緩闔起，將我和季曇春關在伸手不見五指的漆黑中。

不管多努力睜大眼睛，我都看不到任何事物。

「點火！」

隨著季曇春的聲音，低沉的引擎聲啟動。我感覺到機身不斷顫動，彷彿正積蓄能量準備衝出去一般。

「五——四——三——二——一——」

我本以為啟動後會有所不同，但竟然完全沒有改變。

心中起了些許的不安。

這樣真的沒問題嗎？我們真要在什麼都看不見的情況下起飛？

「放心吧。」季曇春以平穩的嗓音說道：「只要跟著我，一切都不會有問題的。」

那是個令人無比安心且無比懷念的聲音。

我不由得想起了之前跟在季晴夏身後跑的時光。

雖然她們是不同人，但我本來紊亂的心還是平靜了下來。

「準備好了嗎？」

我大聲回答季曇春的問題：

「沒問題！」

「那就——起飛！」

——身體猛然向後！

噴射機前進造成的巨大反作用力壓住了我，讓我的身體就像黏在座椅似的動彈不得。

「開啟模式——」

——轟！

不過一眨眼，跑道就來到了盡頭，我感到機頭開始向上。

——喀噠！

某個沉重的聲音響起，就像是通往地面的閘門緩緩打開。

心跳快得就像是要從嘴巴躍出來，我用力咬著牙，好似要把它咬碎。

「『感官共鳴』模式——開啟！」

隨著季曇春的聲音，我感到腦中閃爍了一下。

體內在這瞬間起了異樣，我的血管和神經恍若一根根被抽了出來，然後與某種事物進行連結。

——眼前一亮！

白色的雲、蔚藍的天、高空中特有的清新空氣——

彷彿與飛機融為一體，我感到自己正高速在天空飛翔。

根本不用解釋這架噴射機是怎麼回事。

千言萬語的解釋，都不如自己體驗一次。

「感官共鳴」的病能籠罩住了整架飛機，將我、季曇春和飛機融合成一個個體。

我可以輕易地感受到季曇春和飛機的狀況。

而且這架噴射機還有一個很厲害的地方——那就是它不用人工操控。只要在腦中稍加思考，就能改變飛機的方向，這使得它的靈活度大大提升。

若要用一句話說明我們現在的狀況，那就是——

我們兩個人和飛機，融合成了一個能以馬赫速度移動、具有「二感共鳴」異能的巨大病能者！

「嗚……」我前方的季曇春發出了低吟。

「怎麼了？」

「腦中的計算比想像中繁雜……看來不能拖太久。」她抬起頭來，用變成「二」的瞳孔看著前方說道：「前方敵機共有十五架，季武，後面呢？」

「後方有五架！」

「總共二十架嗎？」

「會不會太勉強？」

「勉強？開什麼玩笑。」季曇春哈哈一笑：「我要在三分鐘內，把這一切都解決掉！」

當季曇春說完這句話的瞬間——飛機陡然加速！

我們瞬間衝到了兩架敵機中間。

突然出現的異客似乎嚇了對方一跳，他們反射性的向我們開火。

「減速墜落！」

季曇春瞬間停止了動力，讓我們的飛機以螺旋狀的方式向下墜去！

——轟！

敵機射出的子彈擊中彼此，同時墜落。

「重新點火！」

因為機頭仍朝下，重新點火後，我們以極快的速度往地面直衝。

就在要撞擊到地面的那刻——

季曇春拉起機頭，讓我們以緊貼地面的方式飛行！

這是堪稱神技的飛行方式，但因為與飛機融合為一體，使得它就像我們手腳的延伸，所以季曇春能以這種方式飛行，我一點都不意外。

「後面五百公尺有十架敵機！它們用機關槍對我們展開彈幕！」

注意到襲擊的我大喊。在「二感共鳴」的情況下，我的知覺提升了數倍，所以在他們一發出攻擊時就感知到了。

「敵方占據地利，我們要先繞到他們的上方或是後方！」

在空戰中，先占到後方和上方的人，就是贏家。

「要怎麼做？」

「強行突破！我們飛機的性能遠勝他們！」

季曇春抬起機頭，朝著上方直衝而去。

——答答答答答答答！

無數鋼鐵子彈朝我們襲來，組成密集無比的彈網。

「季武，咬緊牙關！」

——身子再度因為反作用力而下沉，機身劇烈的震動。

一馬赫、二馬赫——三馬赫！

以遠超一般飛機的速度，我們不斷向上爬升！

因為化身成了飛機本身，我感到自己的視線因為高速而越變越窄。劃過機身側面的風就像是颳在身上似的，讓我的皮膚有種要被颳開的錯覺。

可能是這速度出乎意料，敵機的瞄準和火線完全失了準頭。就算偶然有幾發快打中機身，季曇春也會在高速爬升的同時，不斷翻滾和迴旋進行閃避。

最終，我們停在敵機上方的五百公尺，位於高處俯瞰他們。

從一開始的戰鬥到現在，整個過程不過幾秒的時間，但我們已在一千公尺中，不斷以高速進行降——升——停的動作。

要不是藉助病能和飛機合而為一，我想我一定會因為極度的重力改變而吐出來吧。

「咳……」

此時，季曇春突然咳了一聲。

一絲血絲從她口中流了出來。

「妳還好吧？計算和操控的負擔太重了嗎？」

「放心吧，還可以。而且最重要的是，已經快沒時間了。」

聽到她這麼說，我將知覺往古堡的方向望去。

此時，我突然發現——

「季曇春，敵人已經登岸，準備進攻古堡了！」

無數敵軍越過了護城河，來到古堡前的沙灘上。

情況已經刻不容緩。

「我知道！放心吧，只要搶到上方，解決他們就是一瞬間的事！」

季曇春抹掉嘴角的血絲，大聲說道：

「轉入攻擊模式！發動病能武器——『死亡錯覺』！」

——喀噠！

隨著季曇春話音一落，我感到機身上打開了無數小孔洞，無色無味的粉末從中噴了出來！

因為肉眼不可見，所以對敵機而言，這是根本無法反應的攻擊。

他們輕易地被「死亡錯覺」籠罩，就像失了魂一般，所有敵機失去控制，朝下墜落！

——轟！

盛大的火焰從下方竄起，就像是放了十八道特大發的煙火。

「所有古堡內的人聽令！」

也不知是怎麼弄的，季曇春的聲音透過飛機的共振而放大，響徹整片天空。

「天空的敵人已除！所有人出堡應戰！」季曇春手向前一揮，大聲道。

「把他們從我們的家園趕出去！」

我和季曇春駕駛的黑色噴射機，暫時停在了空中。

徐徐的微風拂在機身上，讓我感到很舒服。

要是人能飛翔，想必就是這種感覺吧？

「呼、呼……」

不過對比我的舒暢，季曇春顯得十分難過。

「呼、呼、呼、呼、呼……」

她不斷喘著粗氣，全身衣服都被冷汗浸溼。

「喂，妳還好嗎？」

「我、我沒事……」

「……看起來一點都不像沒事的樣子。」

可能是體力和精神力消耗過劇，季曇春的聲音非常虛弱。但逞強的她仍露出沒事的笑容，向我問道：「還有……還有敵軍嗎？」

「已經沒了，而且——」

我朝古堡處一看。

可能是害怕和上次一樣犧牲過大，在空中壓制戰術失敗後，敵軍馬上停止了攻城的舉動，退得非常乾脆、迅速。

「多虧了妳的努力，『祕密之堡』脫離了險境。」

連交戰和纏鬥都不願意，敵軍就像潮水退潮般，井然有序地撤離了古堡旁的岸上。

他們會那麼害怕也是應該的，現在空中只剩我和季曇春所駕駛的飛機，擁有制空權的我們，想對他們做什麼就做什麼。

也不必使用「病能武器」，只要我們飛機上頭載有一架大型機槍，就能在極短的瞬間將地面的敵軍掃成蜂窩。

而且，這架黑色的飛機，是下一個時代——「病能時代」的產物。

它有著怎樣的功能、具備怎樣的機能，敵軍完全不明白。

面對未知的事物，人類本能的會感到恐懼，更別說是面對未知的兵器了。
想必在他們眼中，我們這架飛機就像是黑色的死神吧。
「呼、呼……」
季曇春紊亂的呼吸依然沒有平復，因為飛機仍開啟著「感官共鳴」的狀態，我雖然是坐在她後方，卻也能看到她的表情。
她的臉色很蒼白，胸膛也因為過度呼吸而不斷起伏。
「……妳真的沒事嗎？」
「呵……」她抹了抹額上的冷汗，露出有些無奈的笑容，「果然……畢竟我不是季晴夏嗎？」
季曇春將身子靠到座椅處，露出了疲態。
「……？」
在這瞬間，不知道是不是我太過敏感，我在季曇春身上感受到了些許異樣。
不過，下一刻，就像是要告訴我那是錯覺一般——
「我沒事了。」
季曇春搖了搖頭，露出一如既往的微笑。
「……敵軍都解決了，妳要不要關掉『感官共鳴』模式休息一下？」
「要是這麼做，這架飛機會墜落的。」季曇春解釋道：「這架飛機並不依憑任何世間的燃料，而是以『病能』做為食糧行動的。」
「病能？」

「沒錯。那麼，現在問題來了——身為普通人的我，為什麼能啟動這架飛機呢？」

「難道不是因為妳是季晴夏的複製人嗎？」

「那只滿足啟動的資格，並不能當作啟動的動力。」季曇春以因體力尚未恢復而微微顫抖的手指指向自己，「我之所以能啟動，單純是因為我現在是病能者。」

「妳現在是病能者？」

「是的，啟動『感官共鳴』的模式後，這架飛機會將『感覺相連症』灌到我的腦中，將我變成病能者，接著它再吸取我身上的病能當作動力源進行戰鬥。」

「原來如此……」所以季曇春才會看起來如此累。

因為本來不是病能者的她，除了必須提供能源給這架噴射機外，還必須強迫自己習慣不熟悉的病能，進行高速且繁複的計算。

「所以……我才帶你來。」呼吸稍稍平復下來的季曇春說道：「要是我撐不下去，就必須換季武你駕駛這架飛機，將我們送回去。」

「我……辦得到嗎？」

「本來是『感覺相連症』患者的你，比誰都還熟悉『感官共鳴』的病能吧？」

可能知道我看得見她的表情吧？她對我露出了鼓勵的微笑說道：「別擔心，身為季武，你一定辦得到——你一定能守護他人的。」

「……嗯。」

這是第幾次被她所鼓勵了？她那與季晴夏全然相同的面孔，總讓我不自覺地懷念起那段過往時光——那段有著姊姊照顧的時光。

「季曇春……」

「嗯？」

「妳為什麼要對我這麼好？」

「呵呵……我對你很好嗎？」她露出一如既往的惡作劇笑容，「那麼……你要不要叫我一聲姊姊看看？」

「……我才不要。」

「叫嘛叫嘛～～我一直都想有個弟弟。」

「喂，不要從前座伸手過來戳我臉頰，這樣很危險——」

就在我們兩個鬧得不可開交的時候——

——嘶！

突然地，遠處響起一陣彷彿氣體外洩的聲音。

知覺因為病能被放大的我和季曇春，同時轉頭看向聲音的來源處。

「距離太遠了……什麼都看不清。」

東邊的森林處似乎傳來了異響，但從我們這邊無法看清到底發生了什麼事。

「季曇春，怎麼樣？我們要飛過去看看嗎？」

雖然有些在意那聲音，但也有可能是我們的錯覺。因為那邊已經是敵軍的後方了，若是真的飛過去，想必會遭遇許多敵軍的阻礙吧。

「真是古怪啊……」

季曇春看向「祕密之堡」的方向，一副若有所思的樣子。

我順著她的視線方向一看，結果看到了各國聯軍渡河渡到一半的情景。

「敵軍不是撤退了嗎？那又有什麼值得在意的地方？」

「他們的撤退，太古怪了……」

「哪裡古怪？」

「感覺……太有秩序了些。」季曇春指著敵軍說道：「這種撤退，不像是因為畏懼我方的火力，反而更像是計畫好的。」

「計畫……好的？」

「若這也是他們戰略的一部分……那只有一種可能了。」季曇春望向剛剛發出異聲的東邊，「接下來他們的攻擊，威力強大到連自己人都會受傷——」

就像是要印證季曇春的話，東邊的森林處再度傳來奇怪的聲音。

——嘶嘶嘶嘶嘶嘶嘶！

就像是汽球漏氣，這聲音聽起來非常刺耳。

「看來……我們有些弄巧成拙了。」季曇春露出苦笑，「我們的戰鬥機，似乎逼得敵軍他們一點餘裕都沒有。」

因為過於恐懼我方的武力，所以各國聯軍似乎捨棄了最基本的人類良知，回歸到戰爭的本質——

只要能殺死敵人，那不論是怎樣的方法都會使用。

「該死……」

第一次，我看到季曇春臉上完全失去了笑容。

這也是當然的，我相信不管是誰看到眼前的情景，都一定會失去冷靜。

——紫色的不祥氣息，從東邊的森林處大量冒了出來。

這股紫色煙霧，彷彿具有質量一般逐漸往上堆積，變成了一塊塊的紫色雲朵，朝「祕密之堡」直撲而來。

「為了搶奪『季晴夏的祕密』——他們竟然連毒氣攻擊都使出來了。」

「現在該怎麼辦！」

「別吵！我正在想！」

聽到季曇春的大喝，我趕緊噤聲。

感覺得出來，即使是季曇春都有些慌張了。她按住額頭，皺眉不斷苦思。

我著急地看著那團逐漸變大的紫色雲朵，也不知道是不是我的錯覺，只見碰到紫色雲朵的森林似乎都開始枯萎、變黃。

這毒性也太猛烈了吧？

東邊正是上風處，若是順著這風向，那這朵毒雲就會直直撞上「祕密之堡」。

叫堡內的人現在疏散？

不行，現在四周都是敵軍，只要踏出古堡，一定會馬上被抓住。

為了逼問「季晴夏的祕密」為何，他們一定會遭受極為不人道的嚴刑拷打。

現在唯一的解決之道，只有——

「擾亂毒氣的施放，讓它不要撞上『祕密之堡』。」季曇春提出了她的想法。

「具體而言，我們該怎麼做？」

「為了不波及自己人，他們挑了與自己有一段距離的後方施放毒氣。」季曇春鬆開按住額頭的手，恢復了平常的冷靜模樣，「毒氣其實正不斷被風吹散，為了維持劑量，他們必須一邊施放一邊前進——直到毒氣抵達目標處。」

聽到季曇春這麼說，我睜大眼睛，看向遙遠的東方。

她說得沒錯。

雖然因為距離過遠而看得不是很清楚，但我還是隱隱約約感覺到，無數戴著防毒面罩和防護衣的敵人藏身在森林中，不斷燃放散發紫色煙霧的煙筒。

「也就是說——」季曇春指著東邊森林說道：「只要把施放毒氣的人都殺光，不讓他們繼續累積劑量，那這些毒煙就會在抵達古堡前消散。」

「那我們還等什麼！快衝到他們上方，像剛剛一樣使用『死亡錯覺』讓他們死亡啊。」

「笨蛋，要是這麼做能解決問題，那我早就採取行動了。」季曇春指著那片紫雲說道：「別忘了，因為開著『感官共鳴』的關係，現在這架飛機就等於是部分的我們，要是赤裸裸的衝進那片紫雲中，你覺得我們會怎樣？」

「……絕對會馬上中毒而死吧。」

以放大的感官知覺感受這片毒雲，這比直接吸入毒氣還恐怖。

「那我們究竟該怎麼辦？」

「我要改變這架飛機的『模式』。」季曇春拍了拍身下的座位，「這架飛機裝載的，不只有『感官共鳴』的病能而已，只要切換，我也能染上其他疾病，以別種病能模式進行戰鬥。」

「其他的……『模式』？」

「是啊，季武。」

季曇春露出苦笑。

「接著就是真正的玩命了，你準備好了嗎？」

「啊啊啊啊啊啊啊啊啊啊啊啊啊啊啊啊啊啊啊啊啊————！」

我發出慘叫！

這也是當然的！

切掉「感官共鳴」的病能後，關在駕駛艙的我們再也無法以視覺以外的知覺感受外面的狀況。

但是，就連僅有的視覺也無法依賴，因為這架飛機完全不透光啊！

我連自己是否有直線前進都不知道，只知道正在高速飛行。要是一個意外發生，馬上就會撞得粉身碎骨。

若是以這樣的狀態闖入毒雲中，我們確實不會因為感官共鳴而中毒。

但現在的問題是——我們真的能平安抵達東邊的森林嗎？

「『盲視』持續灌入，繼續執行『注視致命』模式！」坐在我前方的季曇春大喊：「季武！要是看到什麼，就把它說出來！我必須專心操作飛機閃開它！」

「注視致命」模式。

只要視野中出現事物，就表示那個東西會讓我們死亡。

反過來也就是說——只要不閃開，我們就死定了。

——砰！

「飛機好像撞到了什麼東西！」

不知道撞到了什麼，我們的機身大幅搖晃。

「『沒看到』，不要理它！」

季曇春的打算是，在看到的那瞬間採取反應，調整機身閃過致命的事物。

然而——

「樹——！」

——一棵樹突然從黑暗的視野中出現！

季曇春趕緊將機身翻轉九十度，變成垂直狀態閃過那棵樹。

嘰————！

雖然瞬間反應了，但還是無法完全閃過，飛機的腹部擦到了樹幹，發出難聽的聲響。

「這根本是不可能的任務！太勉強了！」

致命的事物會突然從黑暗中出現。

但在這樣高速的狀況下，反應時間只有零點幾秒啊！

「別吵我！讓我專心！」

雖然已經沒有「感官共鳴」連結，但在後方的我，仍感受得到季曇春有多麼聚精會神。

「即使是假的，我也是季晴夏的複製品，所以——」

季曇春咬牙大喊：

「別小看我！」

此時她身上散發出的強烈氣勢，甚至讓我感到有些喘不過氣來——

「山壁！」

聽到我的大喊，季曇春趕緊拉起機頭！

叩叩叩叩——！

機身和石頭山壁互相撞擊，不斷產生劇烈的震動。

「樹枝！山壁上有一根橫出來的樹枝！」

「別礙事——！」

季曇春調整角度，強制用機翼切斷了樹枝。

「巨石！一塊石頭掉了下來啊啊啊啊！」

「加速閃避——！」

陡然的加速！讓我「砰」的一聲撞到了後方的座椅——

「——樹！」

慌張萬分的我不斷重複大喊：

「樹！樹！樹！樹！」

——無數棵樹豎立在我們前方！

為了閃避石頭，我們竟闖入了森林中！

「注視致命」的病能全速運轉，讓我清楚地看見每棵樹的模樣。

這表示——每一棵樹，對我們來說都是致命的事物！

「啊啊啊啊啊啊啊啊啊啊啊啊啊啊啊——————！」

季曇春一邊大叫，一邊用極限的操作在樹林之中蛇行。

穿過樹葉、越過林立的樹木——要是遇到閃不過的樹木，就翻轉機身強自闖過去！

——喀！嚓！噠！

無數異響從飛機上傳來，季曇春已經做得很好了，但全然無傷是不可能的。我感到飛機不斷累積損傷，也開始產生原本沒有的細微顫動。

究竟是季曇春的體力和集中力會先耗盡，還是飛機先撐不住而解體呢？

而且，危機還不只表面上看到的那些——

——砰！

右方突然傳來一陣大響，機身無預警的大幅左傾！

「要撞到左邊的小山了！」

就算閃掉「看得到」的事物，還是有「看不到」的事物會影響我們。

只要不足以致命，我們就無法察覺，其結果就是——飛機極為突然的偏離了原本的軌道，直線衝向足以致命的小山！

「來不及了！」

因為速度太快，在我們面前的山壁陡然膨脹、變大！就像要將我們吞噬！

小山雖不大，但對幾乎沒有反應時間的我們，已經是個無解的難題。

我們無法從左右閃過，就算拉起機頭，也會因為直線前進的慣性，在和山壁完全垂直之前，撞到小山而墜毀。

「還有辦法！」

瞬間想出解決方法的季曇春側轉身體，拚命的進行迴旋，想要將機身轉動一百八十度。

——轟！

機身後方的噴氣孔將火焰噴出，打在岩石小山上。

「停住啊啊啊啊啊啊！」

靠著噴射所造成的反作用力，我們停住了原先前進的態勢。季曇春趕緊將機頭拉往上方，想要脫離這片森林區。

「咳、咳！」

季曇春不斷咳嗽，在此同時，黑暗的駕駛艙內響起了「滴答、滴答」的聲音，就像是某種液體從她嘴中滴落。

「喂！妳沒事吧！」

「……我……咳……」

「妳還好吧？」

「……」

連正常應答都做不到了嗎？

雖然飛機還在運作，但因為過於擔心季曇春，我就像熱鍋上的螞蟻一樣焦急。現在折返？不可能。那只是跟古堡內的人一起死，下場不會變。接手駕駛這座飛機？那也不可能。我只能使用「感官共鳴」的病能進行駕駛。我不知道現在離毒雲有多近，要是一起中毒，我們馬上就得死。

該怎麼辦？究竟該怎麼辦——

此時，一隻冰冷的手突然握住了我的手。

雖然溫度低到有些嚇人，但我的心還是因為這隻手而稍稍平穩了些。

「一切……都不會有問題的……」

那是個微弱到幾乎要消失的聲音。

在一片黑暗中，季曇春為了讓我安心，輕輕地捏了捏我的手掌。

「看吧……我們已經……到了……」

季曇春的這句話，讓我注意到原本沒注意的事物。

只見我們的下方，突然出現了許許多多穿著防護衣的敵軍。他們拋下手中不斷冒著煙的煙筒，朝我們舉起類似火箭砲的武器。

「發動……『死亡錯覺』……」

季曇春拚盡最後一絲力氣，打開「病能武器」。
無數透明粉末再度從機身撒出，籠罩了整座森林。
被這股死亡所感染，森林中的所有敵人紛紛倒下。
「看啊！季曇春！」
我興奮地指著逐漸因風消散的紫色毒雲。
照這樣的態勢看來，在抵達「祕密之堡」前，這朵毒雲就會消失。
敵軍的毒氣攻擊，已經確定要以失敗作收了！
「我們成功了！妳真了不起！我們拯救了『祕密之堡』的人啊——」
「…………」
我猛地感受到了異樣。
黑暗的駕駛艙中，突然變得安靜無比。
本來從前方傳來的喘氣和粗重呼吸聲，竟不知為何消失得無影無蹤。
「季曇春？」
季曇春沒有回應我。
「喂！回答我啊！妳怎麼了！回答我！」
不管我怎麼叫喚，她都沒有回答。
唯一回應我的，是她的手。
她握著我的手鬆開，往下滑落。
在此同時，失去動力源的飛機也向下墜落——

DANGER! DANGER! DANGER!

病能武器

噴射機（禮物）

搭載疾病：感覺相連症、盲視

搭載武裝：科塔爾氏妄想（死亡錯覺）

其實這架飛機的設計是從 T-38 噴射機而來，這是美國一架很有名的訓練機，所以內文中有關飛機外型的數據，其實是出自這架噴射機。

「禮物」是季晴夏留給祕密之堡的物品，是病能時代的產物。

它會將疾病灌到駕駛人身上，強制性的讓駕駛人變成病能者，並吃掉駕駛人身上產生的病能當作動力源來行動。

也因為如此，要是不經過一定程度的練習，是無法駕駛這架飛機的。

畢竟普通人是無法適應病能者身上的病能的，要是貿然踏入病能的世界，有可能會使大腦過度運算而燒壞，或是在駕駛結束後留下嚴重的後遺症，比方說五感再也無法分開，或是視覺受損，只能看到致命的事物之類的。

這架飛機上搭載著許多模式，但季曇春只能開啟「感官共鳴」和「注視致命」這兩種而已，還有很多未知的功能。

之後，在院長的開發下，應該會有更多可怕的機能被解開吧。

DANGER! DANGER! DANGER!

終章　季曇春拚命守著的祕密

「嗚……嘔……」

胃不斷的翻騰，我不斷的乾嘔，卻什麼都吐不出來。

腳不斷地顫抖，身體也熱到像是要融化。

頭腦深處傳來一陣又一陣的劇痛，彷彿有鐵條在裡頭攢刺。

在季曇春失去意識後，我趕緊接手飛機的操縱，開啟了「感官共鳴」的模式，從毒煙中逃開。

但是，因為將共鳴的感官暴露在紫煙中，我還是中了毒。

也不知道那究竟是怎樣的毒物，雖然只有一瞬間，我的身體還是受到了嚴重的影響。

我連噴射機都無法開回原先的地方，只能勉強開到我們飛出去的閘門旁。

使盡所有力氣，我才能背起氣若游絲的季曇春，順著飛機的地底跑道一步步走回「祕密之堡」。

「呼、呼……」

總覺得每一步都好艱難。

眼前的視野不斷晃動，溼黏的汗水也不斷從我身上噴了出來。

我到底走了多久？到底走了多長？

開噴射機一眨眼就走完的距離，現在在我眼中就像是永無止境的路程。

「放心吧……」我對自己說道：「一切都會沒事的。」

那是季曇春一直掛在嘴上的口頭禪，聽久了之後，連我都被感染了。

不過，這句話還真的有些用處。

當我說完這句話後，背後傳來了動靜。

「你說得對……一切都會沒事的。」

趴在我背上的季曇春，以微弱無比的聲音回應我的話。

「妳醒啦？」我開心地轉過頭去問。

「嗯……不過身體狀況似乎很糟——咳。」

季曇春又咳出一口血，著急的我趕緊說：「別說話，妳先好好養好精神。」

「嗯……」

季曇春將頭靠在我的肩上，不斷吐出灼熱的吐息。

接下來的十分鐘，我背著她不斷往前行。不可思議的，僅僅是「季曇春醒來」這件事實，就讓我的腳生出無限的力氣。

可以的，一定沒問題的。

我們一定能回去古堡中，回到大家的身邊——

「季武……」

突然地，我身後的季曇春打破了沉默。

「妳還是別說話吧？」

「沒關係，請你好好聽我說……」以細微卻堅定的聲音，她向我說道：「我怕我這時不說，就再也沒機會說了……」

「……」

「我的時間……已經快結束了……」

季疊春的話，讓我心中升起不祥的預感。

我不由得加快了腳步。

「我啊……曾經很羡慕季晴夏。」

在我身後，季疊春緩緩開口，將她一直隱藏的心聲說了出來。

「雖然我不過是她的複製品，但我曾夢想能變成她那般模樣。

「我想要和她一樣無畏的笑著，不管什麼事都能輕輕鬆鬆解決。

「我想走在前方，讓身後跟著我的人感到安心。

「於是，我總是戴上微笑，說著『一切都不會有問題』。

「但是，我錯了。真正厲害的人，不會說這樣的話。真正能讓人依靠的存在，就算什麼話都不說，也足以讓他人安心。

「不管是智力還是能力，我與季晴夏實在相差太遠。勉強自己跟上這樣的存在，只是把自己弄成現在這般破破爛爛的模樣而已。」

「——果然……畢竟我不是季晴夏嗎？」

我想起了她在飛機上的嘆息。

她究竟是抱著怎樣的心情，說出這句話的呢？

「就像是想證明我也辦得到——就像是想證明我不僅僅是個複製品，我不斷的外出尋找夥伴。

「就像季晴夏一般，我手扠著腰站在他們面前，對他們露出無懼的微笑說道：『一切都不會有問題的。』

「靠著季晴夏留下的『病能武器』，我每次都度過了難關，越來越多人追隨我、仰慕我，沒用多久，古堡就達到現在的規模。但當我某天坐在王座上看著這些人時，我突然從他們的眼神中意識到了一件事——他們仰慕的並不是『我』。」

季雲春緊抓著我肩膀的衣服，以嘶啞的聲音說道：

「他們仰慕的人，其實是『季晴夏』。

「真是諷刺啊……為了讓這些人安心，我不斷地模仿季晴夏。到頭來，我還是季晴夏的複製品。

「不管是我還是他們都是一樣的，我們都是最真實的謊言。他們服從一個幻影；而那個幻影坐在王座上，自稱自己是『公主殿下』。

「我終於發現了一件我早該發現的事——就算再多人追隨我，就算我表現出再厲害的樣子，我都只是季晴夏的模仿物。

「『一切都不會有問題的』這句話，不過是欺騙自己的安慰詞罷了。最大的證據就是，不管是對自己還是任何人，季晴夏一次都沒有說過這樣的話。」

聽到她這麼說，我緊握拳頭。

並不是這樣的。

就算是安慰詞，也具有力量。

就像妳說的，即使是謊言，有時也可以拯救人。

但是，不知為何，我並沒有將心中的這些話跟她說。

而此時的我還不知道，在之後的日子中，我無數次為了此刻沒跟她說這番話而後悔。

要是說了，說不定我就能挽救什麼——說不定那個悲劇就會有著不一樣的結局。

「或許，我不該有著這樣的目標。」

季曇春的聲音越來越弱。

「我為了『儲存季晴夏的祕密』而生；然後，為了『守護季晴夏的祕密』而活；最終，我想我也會因『季晴夏的祕密』而死。

「只要遵循這樣的道路，不要有任何期望的活著，那我就不會有這樣的失望吧。」

「——只要不期望，就不會有任何失望。」

腦中浮現了這樣的聲音。

這究竟……是誰說的話呢？

「當我體會到這件事實時，我將自己關了起來，一個人坐在孤獨的王座上，靜待終焉的到來。我知曉所有的『祕密』，也知道等在我前方的是什麼，於是我放棄了一切。因為我明白，不管怎麼努力都是徒勞的。

「可是，某天有個人出現在我面前，改變了這一切。」

「是誰呢？」

我忍不住這麼問道。

「是季武的失敗品——季秋人。」

「……」

聽到她這麼說，我的腦中浮現了那個與我長得一模一樣的黑色身影。

「也不知道是怎麼回事，某天，他突然出現在謁見室中。一開始的他，和現在是全然不同的人，一眼就能看出是失敗品。

「就像個壞掉的人偶，他睜著虛無的雙眼，總是一言不發。不管我怎麼和他說話，不管我對他做了什麼，他都一點反應都沒有。但不知為何，看到他這樣子，我竟有些開心。

「因為——他和我是一樣的。我是季晴夏的劣等品，而他則是季武的。

「我們都是應該要成為某人——卻沒辦法成為的存在。」

「…………」

不知為什麼，聽到季曇春這麼說，我的心中起了些許不快。

「我將季秋人藏在謁見室中，即使是南和北，都沒讓他們知道。

「我一直陪季秋人說話，隨著時間過去，他會說的詞彙越來越多，雖然表情完全不會改變、行動也有些遲鈍，但他開始慢慢的像個正常人。

「其實仔細想想，會發現季秋人的突然出現，其實是件很古怪的事。本來是失敗品的他，為何會活著且沒有被處理掉？為何還被灌入了『家人製造』的病能？

「我曾猜想，或許是季晴夏知道我的孤獨，所以才將季秋人送到了我的身邊。但轉念一想，季晴夏並非是個這麼熟知人類情感、體恤他人的人。

「在百般思考後，我知道了緣由——她是為了『祕密』，才將季秋人送來的。

「雖然季晴夏的用意不算良善，但我依然對有這樣一個人出現而感到欣喜。」

心中的煩悶越來越巨大。

我不知道那是什麼，但我在不斷思考後，想到了一個最為接近的情感。

我覺得那或許是……「嫉妒」吧？

當意識到這點的瞬間，我感到驚訝。

我竟然……會嫉妒季秋人？嫉妒我的失敗品？

「之前，不管我做了什麼，我的心中都會浮現不安。『我是不是又在模仿季晴夏了』、『我是不是又在下意識的追逐她』——我總是不斷這麼自我質疑。

「我不知道『真正的季曇春』是怎樣的人，因為我是為了『季晴夏的祕密』而製作出來的人類。我沒有家人、沒有過去的記憶、沒有屬於自己的認知。

「就像沒有根的浮萍，我沒有任何屬於自己的部分。我唯一擁有的，就是這副和季晴夏無比相像的臉蛋和身體。但是——」

季曇春以溫柔無比的嗓音說道：

「季秋人的出現，讓我找到了真正的自己。」

「————！」

我感到心中的某處被觸動。

我摀著臉龐，忍住想要奪眶而出的淚水。

為什麼呢……為什麼我會想要哭？

「當我和季秋人說話時，我感到我是真心想要和他說話。

「當我陪伴在季秋人身邊時，我感到我是真心想要陪伴他。

「當我想要實現季秋人的願望時，我感到我是真心想要這麼做。

「雖然可能只有我這麼認為，但我認為我終於找到了屬於自己的家人。

「長久以來飄浮不定的我，終於在季秋人出現的那刻，找到了自身的所在之處。因為……只要是為季秋人所做的一切，就是『季曇春想要做的事』。

「那是僅屬於『我』的部分……跟季晴夏完全無關……」

季曇春的聲音越來越弱、越來越弱……

剛剛的好精神就像是假的一般。

——迴光返照。

此時，我的腦中浮現了這個不妙的字眼。

「喂！妳不要再說話了！」

「季武啊……」

「我不是叫妳不要再說話了嗎！」

「現在的你……幸福嗎？」

「……」

「回答我……你幸福嗎？」

「……………………………………」

彷彿被季曇春這個問題所凍結，我一句話都說不出口。

她不再言語，也不再追問。

背後的她越來越冷，我不斷的加快腳步。

「一切都不會有問題的。」我不斷對自己說道：「一切都不會有問題的。」

只要走完這個通道，一切都會回歸原本的美好。

季曇春會率領古堡內的眾人打贏這場仗，然後與大家回到那個嘻嘻哈哈的生活。

但就像是想反駁我一般，背後的身軀越來越冷、呼吸也越來越弱。

「拜託誰來幫忙！」我不禁大喊出聲：「拜託來個人救救她！」

長長的通道反射我的聲音，造成了迴響。

然而，沒有任何人回應我。

——沙！

腦中出現了雜音，但我沒有理會它。

我的全部注意力，都擺在身後的季曇春身上。

「不管是誰都好！」

——沙沙！

腦中的雜音越來越大。

我以幾乎要哭出來的聲音持續喊叫：「不管是誰都好，就算是敵人也沒關係，拜託來救救她吧！」

──喀。

此時，身體深處出現了異響。

──喀喀。

就像某樣事物產生了裂痕。

但我依然沒有理會它。

「回答我！拜託回答我！」

我不斷全力吶喊，希望有人能回應我。

「只要有人能救她、只要有人能幫助她──

「我願意放棄一切！」

就在我喊出這句話的瞬間。

──鏘！

我感到某個關著我的事物轟然破碎！

「奴婢一直在你身邊，你都沒看到嗎？」

身邊突然出現一個氣息。

我緩緩轉頭一看——

只見一名穿著中國古代婢女服飾的女孩，以端莊的姿儀站在我身旁。

彷彿一道雷打在腦中，一直以來瀰漫於心頭的迷霧，被這道身影輕易地驅散。

我愣愣地看著她那與季晴夏一模一樣的臉龐，終於想起了她是誰。

「季……雨冬？」

我原本的妹妹，季雨冬。

「你終於看到奴婢了。」

她點點頭，回應了我的呼喚。

「妳……是什麼時候在這裡的？」

這裡不是一直都沒有人嗎？

「奴婢一直都在這座古堡中，可是沒人看得到奴婢。」

「一直沒人看得到妳？」

「不只看不到而已，在這兩個月，奴婢的存在從所有人的認知中消失了。」

「為什麼……為什麼會有這麼古怪的現象發生？」

「『變換者』用『家人製造』的病能，扭曲了這座古堡的人際關係，將葉藏和葉柔變成你的妹妹。」季雨冬手撫著自己的胸膛說道：「不過，因為某些因素，奴婢是唯一不受影響的人。」

「也就是說，妳的感情沒有被改變嗎？」

「是的，卻也因為如此，奴婢的存在被『變換者』抹消了。」

「為什麼？」

「要是奴婢還是一如往常，那『變換者』的病能就不可能起作用吧？葉藏和葉柔很快就會發現不對勁，也不可能變成你的妹妹吧？」

「沒錯……」

「為了讓自己的『家人製造』運作起來不會產生Bug和誤差，『變換者』將奴婢從所有古堡之人的記憶中抹消，讓誰都看不到奴婢。」

「原來如此，難怪我有時會感覺好像有人在叫我……」

「那或許真的是奴婢的聲音，但奴婢也不敢肯定。畢竟這兩個月來，不管奴婢怎麼呼喚，都沒人聽得到。」

「嗯……」

「被『變換者』抹除後，奴婢就像是個透明人，即使直接打了某人一巴掌，那人也只會覺得撞到鬼了，完全無法意識到奴婢做了什麼。」

「這兩個月……真是辛苦妳了。」

無法被任何人認知到，這種生活，光是想像就覺得恐怖。

「不辛苦的，畢竟還是有那麼一個人看得見奴婢。」

「是誰？」

「……」

季雨冬沒有回答我。

她走到我身邊，從懷中取出一個罐子。

「現在，還是快些幫助你身後的季曇春吧。」

季雨冬做了個手勢，叫我把季曇春平放在地，並緩緩將罐子裡的不明液體灌入她嘴中。

「她……還好嗎？」

「她身體會這麼糟糕，除了過度消耗外，還有別的因素……」季雨冬一邊餵一邊說道：「至少喝了這藥後，她會好些吧。」

聽到季雨冬這麼說，我鬆了口氣。

可能是藥物生效吧？過了一會後，季曇春的臉雖然依舊慘白，但感覺氣色似乎好了些。

看著季雨冬照顧季曇春的身影，稍微放下心的我繼續提問：「那麼，為何我現在突然可以認知到妳了？」

「可能是因為你拚了命的想要有人拯救她吧？」她指了指季曇春，「這股激烈的情感過於強烈，所以才打破了『變換者』的病能，讓你得以認知到奴婢的存在。」

「我明白了……不過，為什麼『變換者』要扭曲人際關係，將葉柔和葉藏變成我的妹妹呢？」我皺眉問道：「這對他有什麼好處？」

「當然有好處。」季雨冬看著我，緩緩道：「因為……這樣他就有家人了。」

「咦？」

「只要將葉藏和葉柔變成你的妹妹，那『變換者』就會有家人了。」

季雨冬再度重複一次，但我感到十分困惑。

這句話是什麼意思？

將葉藏和葉柔變成我的妹妹，「變換者」就會有家人了？

這句話若依照字面上的解釋，不就表示——

心中不祥的預感大增！

「嗚——！」

我的呼吸不由自主地加重，頭也開始絞痛起來。

——不要再想了。

要是再繼續深思，那「我」一定會——

「你還是沒察覺嗎？」季雨冬以極為不忍的眼神注視著我，「仔細想想吧，『變換者』究竟是誰？」

扭曲人際關係，改變人類情感。

於是，葉藏和葉柔變成了我的妹妹，而季雨冬的存在，則從所有人的腦中消失。

這樣的改變，究竟是對誰有好處？

這個問題的答案，只要稍加思考，不管是誰都能發現。

彷彿腦袋被重重敲了一下，我感到眼前的情景開始搖晃。

「雨冬……」

注視著她湛藍的雙眼，我緩緩問道：

「為什麼從剛剛開始——

「妳都沒用『武大人』稱呼我呢？」

「…………」

沉默了許久，季雨冬輕嘆一口氣後回答：

「因為——你並不是武大人。」

在聽到這句話的瞬間——

時間凍結了。

不管是身前的季雨冬，還是躺在地上的季曇春，都像是石化一般動也不動。

「——回答我，你的願望是什麼？」

一道聲音響起，我抬起頭來。

也不知道是不是幻影，雖然重傷的季曇春仍躺在地上，但我看到了另一個頭戴水晶王冠、穿著白色禮服的季曇春。

她站在我面前，以再嚴肅不過的語氣向我提問。

「——回答我，你的願望是什麼？」

意識混亂了。

不管是空間還是時間都扭曲了。

我不知道自己身在何處，不知道此時此刻的時間點為何。

「——我將實現你的願望，所以回答我，你的願望是什麼？」

「我想……」

面對季曇春不斷的提問，我不由自主地開了口。

「我想成為……我原本無法成為的存在。」

聽到我這麼說，眼前的季曇春落下了淚水。

神色悲傷。

「——那麼，在這最後的時光，讓我賜予你最真實的謊言。」

季曇春朝跪在地上的我伸出手。

我也緩緩伸出手，握住了那隻朝我伸來的手。

「——我會讓你成為季武的。」

當說完這句話後，眼前的季曇春幻影消逝。

穿著黑衣黑褲的「季秋人」，不知何時站到了我的身前。

我呆呆地看著他那與我一模一樣的臉龐，腦中突然浮現一句葉柔曾說過的話。

「——這世上不存在偷走他人病能的能力。」

「他沒有偷……」

答案從一開始就出現了，只是我從沒意識到。

「他之所以能使用『感官共鳴』，是因為那是他原本就有的病能……」

「——這座古堡中的人，都是普通人。」

「『變換者』是病能者，而這座古堡中除了葉藏和葉柔外……只有一個病能者。」

——**那就是我**。

也就是說，「變換者」只有可能是——

當我意識到這點時，季雨冬默默地站起身來，走到了「季秋人」身旁。

看著他們並肩而立的身影，我終於想起了一切。

「我……」

身體不斷的顫抖，我以幾乎要哭出來的聲音向眼前的人問道：

「我才是……季秋人嗎？」

「……」

聽到我這麼問，眼前的「季武」流露出不忍之情。

但最後，他還是艱難地點了點頭。

「哈哈……」

我跪倒在地，發出連我都沒聽過的淒涼乾笑。

「哈哈哈哈哈哈………」

為了成為季武，我抹消了季雨冬的存在。

為了擁有季武的家人，我將葉藏和葉柔變成了我的妹妹。

這真是太可笑了。

那個我們稱為「入侵者」，一直不斷追捕的人——

竟然才是真正的季武。

「哈哈哈哈哈哈哈哈哈哈哈哈——」

「——充滿真實的謊言，你覺得是不是謊言呢？」

「——不管立意多良善、不管過程多麼真實，只要本質是謊言，它就是謊言。」

「最真實的謊言……」

心中某個重要的部分轟然破碎，我感到眼前一暗！

「竟然是我啊……」

Chapter 1 兩個月前

面對眼神變得一片虛無的季秋人，我一句話都沒說。
事實上，我想不管我說什麼，對他都是一種傷害。
我一手抱起季雨冬，一手抱起地上的季曇春，開始往古堡的方向跑去。
我用病能可以感受到，在「禮物」失去作用的現在，敵軍再度啟動了空中壓制作戰，無數敵人渡過護城河，情況已是岌岌可危。
要是不趕快回去，古堡就要淪陷了。
「武大人。」懷中的季雨冬開口說道：「季秋人他……沒跟過來呢。」
「是啊……」
季秋人跪在地上，就像壞掉一樣，眼中一點光芒都沒有。
要是他就此無法振作，也是很有可能的事。
看著身後的他，我想起了兩個月前的事……

一年前，從家族之島離開後，我因為開啟五感共鳴使用「死亡錯覺」，留下了嚴重的後遺症。

我會無預警的陷入死亡，當陷入「死亡錯覺」時，我會無法留下記憶，也無法感受任何事情。

我多次因為這件事遭遇生命危機，因為若是我在不恰當的時機死掉——例如泡澡或是戰鬥時，我就會因為外在因素的影響，而讓自己真正死亡。

所幸在季雨冬她們的照顧和自己的努力下，我終於能主動控制這個後遺症。只要一天花一個小時讓自己死掉，我就能避免無預警的「陷入死亡」這件事。

雖然這一個小時是我最脆弱的時候，但總比突然死掉好。

等到我確定出門沒有危險時，已經過去了兩個月。

我們走出藏身的地方，發現世界已大不相同。

季晴夏率領的「莊周」從這世上消失，院長率領的「滅蝶」勢力則逐漸壯大。

各種與「病能」相關的武器和用具被開發出來，同時卻也帶來了災難。

為了對抗病能的力量，各國必須拚命開發病能者。但諷刺的是，病能者的數量增多，反而讓世界變得更加動蕩。

要我看的話，這是個無解的惡性循環。

世界正往下個階段前進，而我們正處在陣痛期。

這一年來，幾乎沒有什麼好事發生。

唯一勉強稱得上好事的，大概就是沒有和「恐懼人類」相關的災難爆發吧。

我不知道是不是季晴夏做了什麼，也曾樂觀的猜想，或許「恐懼炸彈」已經不會引爆了。但事實真相如何，我仍完全不清楚。

我們四人流浪了一年，在世界各地救助需要幫助的人。不過相比拯救的人，有更多的人死在我面前。

「——妳無法守護的人，就由我來守護吧。」

我曾跟季晴夏這麼說過。

但當面臨嚴酷的現實後，我才知道這誓言是多麼天真。與世界相比，我實在過於渺小，就算有著強大的病能，也不能改變世界的走向。

坦白說，要不是這一年來，我身邊有著葉藏、葉柔和季雨冬，我想我甚至有可能就此崩潰。

多虧她們的陪伴，我還是能勉強打起精神，每天盡我所能的努力著。

只是，每次看到有人死在我面前時，我總是感到疑惑。

——晴姊，這就是妳想看到的情景嗎？

妳讓院長把製造病能者的方法洩漏給世界各國，挑起了無數爭端。

為了拯救人類，於是妳讓世界變得一團混亂？這怎麼想都不合理吧？

我很想問她這究竟是怎麼回事，可是自從在家族之島反目成仇的那天後，我們就再也沒見過面了。

為了解除疑惑，我也曾回到家族之島沉沒的海底之處。但不管我怎麼找，我都沒找到任何關於「莊周」的蹤跡。

到頭來，雖然她是我的姊姊，但我根本不曾瞭解過她。

我不知道她想做什麼，不知道她背負著什麼，也不知道她看著怎樣的未來。

我甚至——

連她是不是站在我和雨冬這邊都不知道。

所以，當我得知「季晴夏的祕密」就在「祕密之堡」時，我毫不猶豫的趕了過去，連思考是不是陷阱的餘裕都沒有。

我想知道季晴夏究竟在想什麼。

只是，那時的我實在過於天真，尚未做好覺悟，只是為了滿足求知慾就闖進足以動搖世界的「祕密」中。

那麼在之後遇到那種慘劇，我想我也必須負上一部分的責任。

因為是儲存「季晴夏祕密」的地方，我本來以為會遇到一些阻礙。

不過出乎我意料的，等我來到「祕密之堡」後，我們受到了盛大的歡迎。

「我一直在等你過來。」季曇春這麼對我說。

她率領堡內眾人，安排了宴會招待我們。

我本來有些疑心，但在用病能探測後，發現她確實沒有惡意，也就接受了她的邀請，打算藉宴會的機會，觀察這個和季晴夏長得一模一樣、為守護「祕密」而生的女人。

只是，宴會比我想像得還愉快。

在宴席上，葉藏和葉柔不知為何開始玩起互相餵食的古怪遊戲，至於季雨冬則以看著敵人的目光盯著桌上的精緻料理，嘴中一直喃喃念著「武大人剛剛看了這道料理一眼、聞了一下那道料理，我絕對不允許他的舌頭花心，絕對不允許他被其他人的料理給擄獲——」之類聽了讓我有些毛骨悚然的話。

至於我呢……則是一直在用病能探測季曇春這個人。

雖然外表和長相與季晴夏一樣，甚至連說話和行事作風都有些相似，但她們確實是不同人。

要是把季晴夏的聰明才智砍到剩十分之一，再去掉身上的病能和那股非人的氣息，就會變成季曇春。

也就是說，季曇春就像是「季晴夏的普通人版本」。

一旦意識到這點，我感到更加疑惑了。

將「祕密」儲存在人類大腦中，這確實是非常驚人的點子。

但若是真要這麼做，為何要使用季曇春當作儲存裝置呢？

長得和季晴夏一模一樣這點，不但沒有任何好處，還會讓季曇春更容易被當成目標而陷入危機吧？

季晴夏製造季曇春出來，一定有她的理由。然而這理由究竟是什麼？

「一直偷看女孩子，這可不是什麼值得稱讚的興趣喔。」

就在我陷入自己的思緒中時，拿著酒杯的季曇春突然跑到我的面前。

「公主殿下……」

「別叫我公主殿下，叫我季曇春就好。」

「真的可以嗎？」

「還是你想直接叫我『晴姊』，呵呵——」

「……還是讓我叫妳季曇春吧。」

「這樣不是很可惜嗎？」季曇春指著自己微醺的臉龐說道：「我可是跟你愛慕的晴姊長得一模一樣喔。也就是說，不管你對我做什麼都可以喔。」

「…………」

她將身子緊貼到我身上，高舉酒杯說道：「其實季武是愛著姊姊的，卻因為是禁斷之戀的關係，無法鼓起勇氣進行表白。但就在他遇到與自己姊姊長得一模一樣的女子後，他心中壓抑的思念一口氣爆發，忍不住將眼前的女子當成姊姊的替代品給壓在地上——」

「……妳是不是醉了。」

這是什麼八點檔的發展。

「在正式上場前，要不要跟姊姊來實戰預演一下？」

「不需要，而且不要用手指一直戳我的臉頰啦！」

這個傢伙真的不是季晴夏嗎？

不管是喜歡老套發展還是性騷擾的感覺，都跟她很像啊。

「如果你把我當作晴姊……」季曇春將腳跨在我的大腿上，雙手挽住我的脖子，在耳邊以魅惑的語氣說：「那不管你對我噴出多麼汙濁的慾望，我都沒有關係的喔——」

「有關係。」

一個聲音突然切斷了我和季曇春的對話。

季雨冬毫無徵兆地出現在我和季曇春面前。

她的手上，不知為何拿著切火雞的刀子。

眼神黯淡無光的季雨冬，像是在說夢話一般喃喃道：

「怎麼可能會……沒關係呢。」

「……………」

「……………」

我們看著她手上閃閃發亮的刀子，同時陷入了沉默。

季曇春緩緩從我身邊退開。

從這點看來，她果然和季晴夏是不同的人。

要是季晴夏，應該只會露出奸笑，然後繼續挑戰季雨冬的底線吧。

「啊，奴婢怎麼了？」像是從夢中醒來，驚醒的季雨冬有些慌張地說：「奴婢剛剛似乎做出了什麼不適當的舉動，請武大人見諒。」

「我沒關係的，不過妳要不要先放下手中的刀子？」我盡量以溫柔的語氣說道。

家族之島的事件後，季雨冬不再刻意戴上婢女的面具，有的時候就會像這樣，完全暴露出自己的真心。

不過……

「最近也不知道為什麼……」季雨冬看著手上的刀子，滿臉困惑地說：「只要看到有女人靠近武大人，奴婢就會想要拿把刀子呢。總覺得這樣做之後，心情會比較平靜，真是不可思議。」

「……嗯。」

讓季雨冬不再隱藏真心，這真的是一件好事嗎？每次看到拿著刀子的她，我總會有這樣的疑問。

無視我的小小煩惱，宴會持續進行著。

我見到了名為南的冷酷女子，也見到了名為北的粗獷漢子。他們本來正在鬥嘴吵架，但不知為何在北喝了些酒後，就勾肩搭背，一同唱起歌來。

古堡中的人，每個感覺都很開心。

葉柔和葉藏拿出劍來共舞，那似乎是家族特有的舞蹈，配上她們曼妙的身姿和服裝，瞬間炒熱了氣氛。

我和季雨冬站在會場的角落，一邊喝酒、一邊看著這樣熱鬧的情景。

「真好呢……武大人。」站在我身旁的季雨冬緩緩說道：「能看到這樣的光景……真的是太好了呢。」

「嗯……」

這一年來，我們看到的悲劇遠比喜劇多上許多。

此時的情景，稍稍療癒了我們疲憊的心。

「武大人。」我身旁的季雨冬轉過頭來，以認真的眼神看著我問道：「你現在對姊姊大人是怎麼想的呢？」

「……」

面對季雨冬的問題，我陷入了沉默。

但不死心的她仍繼續追問：「如果能的話……告訴奴婢好嗎？」

我嘆了口氣。

這段日子以來，我們都很有默契的不碰觸這個話題。

但是，在心底深處我們都明白。

就算再怎麼逃避，終有一天，我們還是得面對有關晴姊的問題。

「在家族之島時……」我一邊回憶一邊說道：「她想要殺掉妳和我的事，我到現在都還無法忘懷。」

那時的殺氣是真的，她是真的想要殺掉我們。

即使已經過了十個月，我依然常常夢到那天的情景，然後驚醒。

「或許晴姊有她的理由，但不管如何，光是她要求妳自己砍下左手這件事，我就無法原諒她。」

「那麼，武大人是將她視為敵人嗎？」

「……」我再度陷入了沉默。

我是把季晴夏當作敵人嗎？

這個問題的答案，實在太難回答。

若說這是恨……但我依然以晴姊稱呼她。

當然，要說愛也不對，因為季雨冬的事，我再也無法以看待家人的目光注視她。我對季晴夏的情感，似乎已無法用一個字或一句話來概括。

若要說最近似的感覺，那大概就是……

「寂寞……吧？」

聽到我這麼說，季雨冬雙眼圓睜，似乎有些訝異。

「我感覺晴姊正不斷往前走，走到了誰都追不上的地步。」

本來就難以理解的她，似乎在真正意義上要變成誰都無法理解的存在。我什麼都無法做，只能在她身後，看著她逐漸變成我完全不認識的人。

對此感到畏懼的同時……

我似乎也感受到一絲絲的寂寞。

「奴婢……不，我啊……」

「嗯？」

「我一直很想問一件事……」

我注意到了，季雨冬此時，刻意不用「奴婢」自稱，而是用「我」。

她握著酒杯的手微微顫抖，像是有些畏懼的問道：「若是姊姊大人現在出現在你面前，你會將她殺掉嗎？」

若是以前的季雨冬，一定不會問這樣的問題吧。

所以，能聽到她這麼問，雖然知道她其實正在不安，我仍感到開心。

「現在的我，不知道該如何看待晴姊。」

我仰頭向天，腦中浮現季晴夏的身影。

「我也曾想過，若是哪天見到她，或許這個問題就會有答案，但就連這點，我也不敢肯定。」

說不定我會因為一時衝動，做出什麼我自己都不明白的事。

「嗯……」

「不過，請妳別擔心。」我拍了拍季雨冬的頭，輕聲說道：「至少有一件事我是肯定的——那就是我並不想殺她。」

「是啊，我也是這麼想的，無論最後姊姊大人變成怎樣……」季雨冬的聲音低了下去：「我都不希望她死。」

我和季雨冬默默看著宴會的熱鬧，不再言語。

我相信她此時和我想的是一樣的事情。

——我們都希望哪天能三人再度聚在一起歡笑，就跟此時的宴會一樣。

但總覺得這樣的日子，似乎再也不會到來。

我相信季雨冬也隱隱有如此感覺。因為，她從沒向我許過這樣的願望。

這理應是她最大的祈願，可是為了怕給我沉重的負擔，她從沒將其說出口。

到頭來，不管是與季晴夏還是季雨冬的約定，我都沒辦法守護好。

我再度輕嘆一口氣，將杯中的酒一飲而盡。

當天晚上，應季曇春的要求，我一個人來到了謁見室。

不過……

「感受不到季曇春的氣息啊……」

第一直覺是陷阱的我，暗中提高了警覺。

我將知覺擴大，開始探查這個房間——

「嗯……？」

但就在這時，我感受到了「我」就在這個房間中。

我稍稍提升病能，再度確認了一次。

——「我」的氣息從王座上傳來。

這種感覺很怪異。

這就像是你明明沒有說話，卻聽到了自己的聲音。

因為從這個角度看不到王座上的情景，於是，我小心翼翼地走上通往王座的臺階。

接著，我在王座中看到了「我」。

「咦……？」

一模一樣的身材、一模一樣的長相。

唯一不同的是眼神，他的眼神非常空洞，沒有聚焦在任何事物上。

「季……」

他伸起手來，似乎想要觸摸我。

——鏘！

金屬聲從他四肢處響起。

仔細一看，會發現他的手腳被粗大的鐵鍊綁住。

「季……武……」

雖然說起話來有些吃力，但他確實是以和我一樣的聲音喚著我的名字。

看著「我」，我的腦中一片空白。

之後，這個「我」斷斷續續地對我說出了很多話。

「——憑什麼你擁有一切，而我卻一無所有？」

「——只要有你這個成功的存在，我就註定是個失敗品。」

「——我嫉妒你擁有家人、擁有夥伴……我嫉妒你擁有的一切！」

「嗚……」

面對這樣的話語，我不由得退了一步，心中不舒服至極。

曾有一種傳說，當人看到自己的分身時，就表示他死期將近。

我在這刻，明白了這是為什麼。

因為這真的是一件很噁心的事！

就像心底深處的黑暗被一口氣扯出來，我感到有些反胃。

這是什麼？這個與我相像無比的存在是什麼？

「他是我的家人。」

身後傳來了季曇春的聲音。

我轉過頭去，這才發現因為過於驚訝，我連季曇春來到我身後都不曉得。

「現在，就讓我來為你揭曉『祕密』為何吧。」

她握住了我的手，將我拖入「祕密」的世界。

——我是季晴夏製造出來的人類。

——季秋人是製造我時產生的失敗品。

當看完「祕密」後，我知曉了這兩個驚人的事實。

我呆呆的站在原地，一時間完全無法思考任何事情。

「抱歉，與其說明那麼多，我想還不如先讓你看過一遍。」站在我身旁的季曇春指了指王座上的季秋人，「所以，我才使了點小手段，在觀看『祕密』前，讓你先見了季秋人。」

「嗯……」

「季晴夏請我在你到來時，為你揭曉『祕密』和季秋人的存在。」

「…………」

腦袋的機能就像是麻痺了，雖然季曇春說的每個字我都有聽進去，卻無法正確的回應她。

看著這樣的我，季曇春有些擔心的彎下腰，一邊觀察我的臉色一邊問道：「知道這樣的『祕密』，你還好嗎？」

這個舉動，配上她的容顏，讓我在此刻想起了季雨冬。

——本來亂糟糟的腦子瞬間平靜下來。

我閉上眼，先是深吸了一口氣。

等到我整理好思緒後，我緩緩張開眼說道：「我沒事了。」

「……」看到我這樣，季曇春面露驚訝之色。

「雖然手段確實有些過於直接，但多虧妳這麼做，我才能快速接受『祕密』中的內容。」

季曇春上下打量我，像是感到有些不可思議地說：「真是意外……」

「意外什麼？」

「我本來以為你會陷入不安或是崩潰的漩渦中，迷失自我方向之類的。」

「本來確實是會這樣的。」

不過，現在的我已經和一年前的我不同了。

「因為……我有著必須遵守的約定。」

「喔喔～～」

季曇春看著我的表情，露出彷彿看穿我心聲的笑容。

「看來，某方面我們是一樣的嘛。」

「一樣？」

「透過注視他人，我們才終於找到了自己。」季曇春以溫柔的目光凝望季秋人，「就像你想實現約定一般，我也想在最後的時光，實現季秋人的願望。」

「最後的……時光？」

「季武。」以與季晴夏相同的雙眼注視我，她露出微笑說道：「我只剩兩個月的性命了。」

「咦……」

「我為了『儲存季晴夏的祕密』而生，那麼當『祕密』揭曉後，我的生命也就來到了盡頭。」

「……」

「剛剛你所看到的『祕密』，不管是季晴夏製造人類，還是嘗試『家人製造』的計畫，都不過是前言而已。真正拯救人類的計畫，將會在兩個月後實行——而那也是我壽命終結之時。」

季曇春的表情很平靜，像是早就接受了這一切。

「有如曇花一現般的人生，這就是我的宿命。」

聽到她這麼說，我不由自主地握緊雙拳。

她這種說法，就像是把自己當作了季晴夏的道具。

然而，這是不對的！

「妳是人類。」

我握住她的雙肩，以堅定的語氣向她說道：

「妳和我一樣，都是人類！」

就算是被製造出來的存在，依舊是人類，我無法否認這點。

因為若否認這點，那就是在否定我自己。

聽到我這麼對她說，季曇春的雙眼因為驚訝而睜大。

接著，她展露出微笑。

「謝謝你，季武，你果然如我所想，是個溫柔的人。」她將手覆蓋在我的手上，緩緩說道：「不過呢……就是因為你這麼溫柔，我才擔心你。」

「擔心我什麼？」

「當哪天『季晴夏的祕密』展現在你面前時，請你千萬不要移開目光。」

「……兩個月後，究竟會發生什麼事？」

「不管發生什麼事，都請你好好注視『祕密』，不要逃避。」

季曇春雙手捧住我的臉。

在這一刻，我將她和季晴夏的身影重疊了。

我知道她不是季晴夏，但是……

我總覺得，她是代替季晴夏說出這些話的。

「請你看穿『祕密』中隱藏的深意，請你思考為何季晴夏要將你製造出來，請你不要忘記——那個與季晴夏訂下的約定。」

「約定……？」

「——妳無法守護的人，就由我來守護吧。」

「到此，我就已經盡完義務了。」季曇春緩緩離開我的身邊。

那個與季晴夏無比相似的氣息消散，她緩緩走到王座旁，牽起季秋人的手。

「就像你說的，我是人類，所以在最後兩個月，我想做一件『季曇春想做的事』。」

「什麼事？」

「我想讓季秋人，從人偶變成人類。」

此時，我敏銳的直覺，感受到些許不妙的氣息。

那不是殺氣，也不是任何惡意。

不過，我隱約察覺某種事物正在進行。

「若是可以的話，請讓我給予他短暫的家人，請讓我賜予他重要的事物。」

我環顧四周，卻沒發現任何異狀。

是什麼呢？這詭異的感覺究竟是什麼？

為什麼此時我會有腳下陷落——彷彿立足之地要被奪走的感覺？

「就算那不過是最真實的謊言，但我依然希望他能擁有。」

此時，我注意到了，有某種東西正透過季曇春的手，流入季秋人的身體中。

「抱歉，季武。」

季曇春對我露出了有些歉疚的笑容。

「我在你剛剛觀看『祕密』時，動了一些手腳。」

「咦？」

聽到她這麼說，我突然驚覺了一件再理所當然不過的事。

季曇春是季晴夏製造出來，用來儲存記憶的裝置。

在儲存他人的記憶之前，不是有一個無比重要的前置過程嗎？

那就是——

「我讀取了你的記憶，季武。」

季曇春除了儲存記憶的能力外，也能讀取他人記憶。

「等一下，妳拿走我的記憶，到底是想做什麼？」

「我想做什麼，你現在還不明白嗎？」

不妙的感覺越來越盛，我看著季曇春握著季秋人的手。本來像個人偶的季秋人，眼神突然閃出了光芒，身上的氣息也和我越來越相像。

我終於明白了，季曇春此時正將「季武的記憶」，不斷灌入季秋人的腦中。

季曇春咬著下唇，可能因為愧疚吧，她有些艱難地說：「我要暫時奪走你的家人和容身之處。」

「奪走……我的家人？」

不管是季雨冬、葉藏和葉柔都——

「抱歉，季武。」季曇春再次道歉，「這是我最後的任性了。」

就在她這句話說完的瞬間——

「家人製造」的病能發動了。

我感到某種力量從季秋人身上冒了出來，籠罩了整座古堡。
眼前的情景登時扭曲，就像是將顏料倒入其中。
混合在一起的事物不斷旋轉，讓人感到頭暈目眩。
等到一切回歸平靜後。
我成了季秋人，而季秋人則成了季武。

Chapter 2 古堡惡戰

「那時，我本來以為我會崩潰的。」

我一邊向前疾跑一邊說道：「當我回過神來，葉藏和葉柔變成了季秋人的妹妹，而我則成了全古堡追殺的『入侵者』。」

看著抱在手中、失去意識的季曇春，我回憶兩個月前的景象。

一開始時，我也被「家人製造」的病能所影響，以為自己是季秋人。

不過所幸我有「感官共鳴」的病能，透過超感受力檢視自己，我很快就發現自己被病能影響。

找到違和的地方後，我馬上就了解自己的真實身分。

但是，單單只有我察覺真相，對現況依然一點幫助都沒有。

因為在堡內之人的認知中，我毫無疑問的是「入侵者」。

所有人都以敵視的眼光看我，就連葉藏和葉柔都拿著刀追捕我。

面對這樣的情景，有時我甚至會懷疑自己才是有問題的那個人。

畢竟，當全世界都指著你，堅稱「你不是季武」時，你就算知道事實，又怎麼能肯定你的認知沒有出錯呢？

「這種情況，就像『發瘋的國王』這個故事呢。」懷中的季雨冬突然開口。

「『發瘋的國王』？」

「故事是這樣的：某國有著一名國王和一群國民。某天，他們做為飲用水的河流因為汙染的關係而產生毒素，所有國民在喝了水後都瘋了，唯有國王因為是喝王宮中的水，所以逃過了一劫。」

「然後呢？」

「所有瘋了的國民，指著正常的國王說：『你瘋了。』最終，他們害怕得將國王處死了。」

「…………」

「群眾的認知就是這麼可怕，足以歪曲正確的事實。兩個月前，奴婢也差點認為自己死了。」季雨冬手抵著下巴說道：「因為從所有人的認知中消失，所以不管奴婢做了什麼、說了什麼話，都沒有人會發現。奴婢雖然知道自己還活著，卻也差點失去信心，以為自己已經變成鬼魂之類的東西呢。」

「『家人製造』……這真是恐怖的病能。」

可以扭曲人際關係，又可以改變他人腦中的記憶和認知。

本來視為至親至愛的人，突然在某天以看著陌生人的眼光注視你——

我打了個寒顫。

這真的是太恐怖了，實在不想再經歷一次。

「不過呢……雨冬。」

「什麼事，武大人？」

「為何『家人製造』的病能，對妳一點用都沒有呢？」

就連我都是透過「感官共鳴」的病能，才發現了真正的事實。

但不知為何，季雨冬完全沒被「家人製造」影響。

為了隱瞞她這個Bug，季秋人才將她的存在從所有人心中抹消。

照常理說，她應該也被扭曲，變成季秋人的姊姊或是妹妹才對啊。

「嗯……啊……這個嘛——」

令我意外的是，季雨冬突然結巴了起來。

「怎麼了？」

「其實、其實呢——那個病能一開始是有生效的，奴婢感到腦中好像有什麼東西被扭了一下，眼前的情景也開始改變。」

「嗯嗯，然後呢？為什麼最後病能沒有生效？」

「那是因為、那是因為——」

「？」

「因為……奴婢不能接受武大人之外的人當我的哥哥……」

「…………」

「雖然腦中一直響著不知是什麼的雜音，命令奴婢服從他。但在奴婢非常強硬的拒絕後，那股雜音就突然消失了。」

「……就這樣？」我有些傻眼。

沒有什麼特別的因素？單單只是季雨冬不願意？

病能的源頭是認知。強烈的想法，確實有可能抵抗病能，但這僅是理論，至今我從沒看過成功的例子。

若僅是抱持著「不願意」的想法，是不可能抵抗「家人製造」的認知的。

「嗯，那時……雖然雜音大到好像要把我的腦子燒壞，但奴婢仍不斷跟那個雜音說——」

季雨冬將通紅的臉埋入我懷中，小小聲地說：

「要是成為其他人的妹妹……那奴婢寧願死了算了。」

我再也說不出話來。

臉紅得就像是要燒起來一般。

我轉過頭去，希望季雨冬不要看到我此時的表情。

不論是過去、現在還是未來——我一直被季雨冬所拯救。

兩個月前，我被剝奪了立足之處，不管是誰，都以看敵人的目光看著我。

就連一直以來的夥伴葉藏和葉柔，也以陌生人的態度對待我。

我的精神陷入極度不穩定的狀態，就連自己是不是季武都無法肯定。

但這時——季雨冬出現在我面前。

不受病能影響的她，以一如既往的態度喚著我「武大人」。

光是如此，就讓我找回了原本的自己。

——我是季武。

我是季晴夏的弟弟，季雨冬的哥哥。

季秋人，若是能的話，真希望你也能體會我此時的感受。

就算只是被製造出來的，就算只是個謊言也沒關係。

只要需要守護的人還存在，我想保護他們的心意就絕對不是個謊言。

你也有必須守護的家人，你知道嗎？

我低下頭來，看著懷中昏迷不醒的季曇春。

「真是個傻瓜啊……」我對著季曇春的睡臉如此說道。

一旦季秋人成了季武，那季秋人就會從妳的家人轉變成陌生人。

妳明明知曉一切，卻得裝作不知情。

明明關係曾那麼親密，卻必須在季秋人面前，擺出完全不認識他的模樣。

這對妳來說，該是多麼痛苦的事啊。

「武大人不也是傻瓜嗎？」懷中的季雨冬喃喃道：「都被人家這樣算計了，還暗中保護他們的性命。而且明明發現了一切，這兩個月來還是擺出『季秋人』的樣子，完美扮演著假的季秋人。」

在古堡上，我為了保護季曇春不死於炸彈而出手。

之後，為了怕季秋人察覺不對勁，我二十四小時監視他，警告他不要碰觸季晴夏的祕密。甚至在被看到長相後，我也口出威脅，拿刀子假裝要殺掉他。

這一切，都是為了讓季秋人不要發現真相。

「武大人為什麼要這麼做呢？」

「因為……我不覺得他們是壞人。」

「武大人。」季雨冬以湛藍的雙眼凝視著我，「其實真正的原因是……你無法看到和姊姊大人一樣的人死掉，對吧？」

「……」

被說中心聲的我先是沉默了一會後，乾脆地向季雨冬道歉。

「抱歉……我這樣很蠢吧。」

原來，我的心底深處仍是向著季晴夏的。

雖然知道兩人是不同的人，但我仍不自覺地想要守護季曇春，守護她所重視的事物。

──只因為她的外表和季晴夏一樣。

「不，奴婢並不怪你。」季雨冬輕嘆了一口氣：「而且武大人守護古堡的理由還不只如此吧，奴婢猜猜……你有部分原因，是想為姊姊大人贖罪，對吧？」

「……妳說得沒錯。」

季雨冬完美的看穿了我。

季曇春和季秋人之所以會走到現在這步，也是因為季晴夏的任性和所作所為導致。雖然我知道季晴夏根本不需要我替她贖罪，但我依然想為季曇春這對虛假的姊弟做些什麼。

「武大人真是溫柔啊，是不是在他們身上看到了自己的影子呢？」

「或許吧……」

我們都是想要成為某人……卻無法成為的存在。

若是今天我走錯一步，我說不定也會跟他們做出一樣的事情。

可是季雨冬讓我明白了，根本不用想要成為誰。

因為不管是怎樣的人，在他人心中都是獨一無二的存在。

季曇春雖覺得自己是季晴夏的複製品，但在古堡之人心中，她是高貴無比的公主殿下。

季秋人雖覺得自己是季武的失敗品，但在季曇春心中，他是讓她找到自我的珍貴事物。

就算是謊言、就算不完美、就算充滿缺陷——

「那也沒關係啊……」

因為，還是有人會珍惜這樣的你，也會有人依靠這樣的你。

「武大人說得沒錯。」季雨冬露出微笑，輕拉著我的衣服說道：「所以，也請武大人不要忘了，你並不是一個人。」

「我知道了——」

——轟！

遠處突然傳來了巨響，打斷了我和季雨冬的對話。

地面劇烈的搖晃，就像是突然發生了大地震！

我展開病能，發現敵軍已經登岸，開始進行攻堡行動。

「動作要快了！」

跑道已來到盡頭。

我即將投入殘酷的戰爭中。

此時，我的腦中突然浮現了季晴夏的身影。

晴姊，我還是不知道該以怎樣的眼光看待妳。

我不知道該恨妳，還是該原諒妳。

但現在，我至少有一件事是肯定的。

「謝謝妳……」

謝謝妳製造了我，讓我遇見了雨冬。

當我回到古堡的謁見室後，看到的狀況可說是非常慘烈。

無數受傷的古堡之人躺在地上，一邊哀號一邊流著血。

已經喪失冷靜的南站在王座旁，朝眾人下著亂七八糟的命令。

「撐著！撐著！絕對不要讓敵軍進入古堡中！」

戴著水晶王冠的她，指著王座下的粗獷漢子說道：「北，率領你的軍隊再發動一次『刪除左邊』，消滅敵軍！」

「開什麼玩笑！」渾身都是傷的北大聲抗議：「剛剛已經發動過很多次，到極限了！」

「你那巨大的身子是裝飾嗎？一點用都沒有！」

「要是再發動一次，俺們弟兄的半邊身體都會失去機能！」北揪住了南的衣領，大聲說道：「若是公主殿下，絕對不會下這種愚蠢的命令！」

「要是你們不拚命，古堡裡的人都要死！公主殿下也會跟著一起死！」

「不要拿公主殿下壓俺，妳這命令就是叫俺們弟兄去死！」

「不聽從我的命令是嗎？」

南抽出懷中的手槍，朝北舉了起來——

「好了好了——我一不在就變這樣，像話嗎？」

虛弱的季曇春掙扎著從我懷中跳了下來，強自插到南和北之間，將他們分開。

「——公主殿下！」

看到季曇春，南和北就像觸電一般，同時單膝跪下。

「抱歉，公主殿下……」南咬著下嘴唇，不甘心地說：「是我能力不足，讓事態變得如此糟糕——」

——啪！

季曇春用手指輕彈了一下南的額頭。

「咦……？」

季曇春這個突如其來的舉動讓南陷入輕微的混亂，只見她捂著額頭，一句話都說不出來。

「妳還活著，我也還活著，現在的狀況怎麼會糟糕呢？」

「是……」

「我回來了，大家。」

季曇春露出輕鬆的微笑，從南頭上拿起水晶王冠，戴回自己的頭上。

她坐到王座上，轉頭面向大家，露出微笑說道：

「因為我回來了，所以一切都會沒事的。」

所有人先是一陣沉默——

「公主殿下、公主殿下、公主殿下——！」

一陣完全蓋過外面爆炸聲的歡呼響了起來。

能瞬間穩定人心，真的是一件很了不起的事。

但一直開著「二感共鳴」的我明白，季曇春不過是在逞強。

她的心跳非常緩慢，體內也感覺空空如也。

現在的她應該光是要維持意識就很困難了吧？但若是只看外表，會覺得她一點問題都沒有。

為了讓大家安心，她燃燒著最後一滴生命，擺出了「公主殿下」的模樣。

「季武！」季曇春突然叫了我一聲。

「咦？」

「季武，有聽到我的話嗎？」

「——有！」

被她的王者氣息壓迫，我不由得挺直脊背，大聲應答。

「回答我的問題——」她手支著下巴，擺出高傲的態度問道：「雖然我之前對你如此，你現在仍願意幫我嗎？」

「……」

儘管態度是這樣，但我感受得到季曇春正全身散發出哀求之意。

她知道我開著病能，為了不讓其他人不安，她透過這種方式將她的真正意思表達給我知道。

——求你救救我們。

她是這麼說的。

我環顧四周，所有古堡中的人都將視線聚集在我身上——就連葉藏和葉柔都不例外。

這兩個月來，這些人都把我當成敵人，我理應拋下他們離開。

然而——

這段期間，他們也盡心盡力地歡迎季秋人假扮的季武。

躲在一旁的我，一直都有看到這一切。

若今天狀況沒出錯，受到他們招待的就會是我。

我實在無法眼睜睜地看著這些善良和熱情的人死去。

「武大人，沒關係的。」

身邊的季雨冬向我輕聲說道，而這句話只有我聽得見。

「武大人就盡情地做『季武』想做的事吧。」

因為季秋人「家人製造」的病能還籠罩著整座古堡，所以大家依然無法認知到站在我身旁的季雨冬。

他們無法知道，是她這句話，驅散了我所有的猶豫。

「我願意幫助你們！」我單膝跪下，向季曇春說：「請告訴我怎麼做吧，公主殿下。」

「很好！條件都齊備了！」季曇春站起身來，高喊道：「就讓敵軍看看，唯有古堡之人才能使用的作戰法吧！」

——不要抵抗，讓所有人進到「祕密之堡」來！

這就是季曇春的戰法，完全出乎所有人的意料。

「一樓東方三百公尺處，敵軍三十人！」

閉著眼睛的我站在季曇春身旁，大聲說道。

「收到。」

季曇春閉上眼，頭頂的水晶王冠突然發出刺眼的光芒，就在此刻——

「另一個季曇春」突然站在我身前，即使我閉上眼睛也看得見。

「南之軍聽令！」

「另一個季曇春」張開嘴，她的聲音，就這樣從我腦中響了起來。

「待在房間中！保持絕對安靜！十秒後朝東邊牆壁射擊！」

「真是厲害……」

我以敬佩的眼光看著季曇春頭上的水晶王冠。

真沒想到，那個也是「病能武器」。

透過它，就能將使用者的身影投影在堡內之人的身前，並朝他們腦中直接說話。

「就像是院長呢……」

不，或許該說是進階版的院長。因為季曇春可以透過認知進行聯絡，能夠同時對多人下命令，而且不怕被敵軍竊聽戰術。

「季武，麻煩你倒數。」

「好的。」

我讓「感官共鳴」擴大到極限，籠罩住整座古堡！

現在的我正處於「三感共鳴」的狀態，正全力將古堡內的情況納入掌握。

敵軍還有十公尺……八公尺……五公尺！

「三——二——一——」季曇春手一揮大喊：「就是現在！開火！」

待在房間中的南之軍舉起步槍，朝空無一人的牆壁擊發子彈！

無數子彈貫穿了牆壁，打到牆後的敵軍，敵軍甚至無法做出反應，就這樣輕易地丟了性命！

「西邊二樓也有敵軍靠近，約八十人！」我繼續向季曇春報告。

「北之軍聽令，發動陷阱！」

在北的命令下，所有北之軍的人同時拉動不知是什麼機關的橫桿。只見敵軍腳下的地板突然陷落，他們掉入陷阱中，被下面的無數鋼針刺穿！

透過病能探察，現在的我就是整座古堡的眼睛。季曇春在收到我的情報後，迅速地做出反應，然後透過水晶王冠下達適當的指令。

「北邊有五十人沿著古堡外牆爬，似乎是想要從上方的窗戶侵入！」

「葉藏，從密道進入牆壁的夾層中，用你們的病能延長刀子，從古堡內殺了他們！」

葉藏率領口中咬著刀子的一群人爬進古堡的牆壁中，用「萬物扭曲」的病能改變刀子長度，從牆壁裡頭刺穿敵軍。

「南邊通道處有兩百人正在靠近！」

「葉柔，聽到了嗎？那邊的走道很窄，只容許一個人通過，妳就在那邊阻擋敵軍！」

聽到季曇春的命令，葉柔優雅的正坐在通道正中央。

不知情的敵軍靠近了葉柔——

唰！

敵軍悄無聲息的被切碎、砍斷。

連一點聲音都沒發出來，敵人就這樣變成了肉屑。

我本來以為失去護城河的保護後，古堡之人會完全無法抵抗敵軍的。

但現在看來，情況正好相反。

「祕密之堡」中有著許多堡內之人才知道的密道和機關，這讓他們完全占據了地形上的優勢。而且，因為裡頭通道非常狹小，敵軍無法憑藉人數上的優勢進行壓制，只能分成小團體和堡內之人對戰。

若是如此，那條件就是平等的。

「不要纏鬥！徹底貫徹打帶跑戰術！」季雲春大喊。

一擊即脫離，在不被發現的狀況下打出致命的一擊。

「就算沒成功解決敵人也沒關係，只要躲起來，下一個機會必定會到來！」

這是究極的鬼抓人遊戲。

因為實力相差太大，只要被逮到，那麼古堡軍馬上就會被消滅。

但若是可以持續這樣削減敵人的勢力，說不定便會有所轉機。

「跟不上的人就拋下他！絕對不要停下腳步！」季雲春持續下著指示。

掉隊的古堡軍就捨棄掉，雖然眼睜睜看著他們被敵軍殺害很殘酷，但這無疑是正確的戰術決策。

隨著時間不斷過去，古堡軍逐漸占據優勢，只付出極小的犧牲就消滅了大量的敵軍。

「北邊外牆有人要爬上來，把滾燙的熱油沿著外牆倒下去！」

「東邊三樓處有直升機在窗子處掃射，全員撤離三樓走廊！」

「西邊一樓敵人打算使用火箭筒，避開正面，繞到他們後方給他們突襲！」

季雲春頭上的水晶王冠不知是不是因為全力運轉的關係，綻放出強烈無比的光芒，照亮了整間謁見室。

可能是因為負擔過大，閉著眼睛的季曇春不斷喘氣，緊握著王座上的扶手，指節因為過於用力而發白。

她會這麼痛苦也是當然的，戰局瞬息萬變，她必須在極短的時間內接收我給的資訊、下達正確的決斷，然後挑選適當的人給出指令。

而且面對這麼大量的戰況，她還不能一條一條依序處理，因為這樣會無法應付敵軍幾乎全方面的攻擊。她必須一心多用，同時給予多人命令。

儘管身體狀況已經瀕臨死亡，但季曇春仍咬牙撐著。

然而，現實是嚴酷的。

敵人的攻勢就像潮水一般，毫無停止的跡象。

幾萬人的大軍，就算死了幾百人，對他們來說也是極小的一部分。

踏過同伴的屍體，殺紅眼的他們前仆後繼的往前挺進。

雖然現在是我們占據上風，但這又能持續到何時？

戰況就像是繃緊的弦，只要出了細微的錯誤，這條弦就會崩開、斷裂。

慘烈的戰爭不斷持續，很快地，像是兩天這麼久的二十分鐘過去了。

最後，該來的終究還是來了——

「北之軍被困在三樓的通道處！」

季曇春的指令出了嚴重的失誤。

手無寸鐵的一百名北之軍被困在三樓的死路，動彈不得。

而在他們的對面，則是十倍於他們、舉著槍和火箭砲的敵軍。

「喂！季曇春！現在該怎麼辦啊！」

那邊已無路可逃，要是再不來個人去救他們，他們就要全數喪生。

「派葉藏或是葉柔……」

「不行，她們正在交戰中，要是離開防線，敵人就要攻到謁見室了！」

「那麼，南之軍……」

「他們在完全相反的方向，根本來不及。」

「我親自過去——」

「妳冷靜點！」我對她大吼：「妳現在這個狀況，就算過去又能怎麼辦！」

「……」季曇春咬著下脣，一言不發。

我輕嘆一口氣。可以觀看整個戰況的我早就明白，北之軍已經沒救了。

「快投降吧！」一個疑似敵軍指揮官的人舉起槍來，對北之軍說：「你們這群怪物，竟殺了我們這麼多弟兄……」

不只是他，所有敵軍的眼中，都燃燒著滿滿的仇恨。

「開什麼玩笑！你們難道就有比較好嗎？你們這些畜生不也殺了俺們不少家人嗎？」北以同樣赤紅的雙眼看著他們，緊握的雙拳因為過於用力，鮮血流滿了整個拳頭。

「都是因為你們不肯交出『祕密』！這場戰爭才會開始！」敵軍指揮官大吼。

「都是因為你們堅持要搶奪『祕密』！這場戰爭才永不結束！」

「『季晴夏的祕密』究竟是什麼！快說！」

「俺什麼都不知道！」

「要是再不說，我就殺了你！」

「那就來啊！不要客氣——」

——砰！

敵軍指揮官舉起槍來，朝北的大腿開了一槍！

「你以為我會猶豫嗎？」敵軍指揮官的眼中流下了兩行淚水，「你們一個人至少殺了我們三十個人，我恨不得現在就把你大卸八塊！」

「哈哈哈……」

腿上開了一個洞的北單膝跪了下來，但他不知為何仰頭向天，以狂氣的姿態大笑著。

「哈哈哈哈哈——！」

他的大笑讓敵軍一頭霧水，所有人都戒備的舉起了槍。

但是，已經來不及了。

北舉起左手，亮出上頭的戒指說道：「這可是戰爭啊！竟沒有在第一槍就把我殺了！你們也太天真了吧！」

跟著北的動作，他身後的一百人同時側轉身，舉起了左手！

所有人的戒指，都亮起黑色的光芒——

「公主殿下！請下命令吧！」

對著眼前投影出來的季曇春，北大喊：

「請讓俺們為守護公主殿下，盡最後一份心力吧！」

聽到北這麼說，我身旁的季曇春閉上眼，露出無比痛苦的表情喃喃道：

「……北，一定要這樣嗎？」

「只能如此了！公主殿下！」

「你不是還沒跟南喝過酒嗎？」

「已經沒時間了！」

「我也……還沒跟你喝過幾次酒……」

「公主殿下——」北露出看透一切的豪爽笑容說道：「請在最後，達成俺們弟兄的期望吧！」

「我知道了……」

兩行淚水，從季曇春緊閉的眼中流了出來。

「北之軍聽令——

「發動『刪除左邊』，跟敵人同歸於盡！」

隨著季曇春的命令，黑色的光芒籠罩了整條通道。

這股黑暗淹沒了所有敵人、淹沒了大喊痛快的北，也淹沒了所有北之軍的左邊身子。

最終當這股黑暗消散後，所有人——包含北之軍，都被「刪除左邊」的病能給刪掉了性命。

「季雲春……」

「嗚……」

我面前的季雲春，露出深深的疲態。

她的身上毫無生氣，讓我感覺坐在王座的她似乎只剩下空殼。

「又走了……許多家人……」

「妳還好吧？季雲春？」

「北……明明是個這麼直爽的好漢子，要是南知道這事……」季雲春手捂著臉，豆大的淚珠滾落，「要是南知道……我竟然下令我的家人去死……她會怎麼想呢？」

「……那不是妳的錯，季雲春。」

「我知道……我都知道那是無可奈何的事，但是、但是……」

季雲春鬆開雙手，看到她的雙眼後，我嚇了一跳。

因為她的眼中，充滿了足以將她壓垮的濃濃悲傷。

「但是這依然不能改變我眼睜睜看著北死去的事實……」

「……」我完全想不出安慰季雲春的話。

過了良久良久後，季雲春以無力至極的語氣說：「我沒事……不，是我必須沒事。」

用袖子抹掉眼淚，她抬起頭來。

「我是大家的公主殿下，我得振作起來。」

轉過頭來，季雲春對我露出和平常一樣——卻也因此讓人看了更加心痛的笑容。

「為了守護大家，我沒有……陷入沮喪的資格。」

——轟！

一聲巨響響徹了整座古堡。

劇烈的搖晃讓謁見室的天花板掉落了幾塊石頭下來。

「敵軍在五樓用炸彈炸出一個缺口！五十人衝了進來！」

「派葉柔——」

「葉柔已經一個人在對付四樓的所有敵軍了！」

「那就、那就——」季曇春抱頭苦思，而後她艱苦的下著命令：「叫葉柔撤到通往六樓的階梯處，要不然她會被夾擊的。」

北之軍死掉後，古堡的守備能力出現極大的缺口。

雖然季曇春拚命地挖東牆補西牆，但是不管使出再怎麼精妙的計策都沒用，光是基礎的守備人力就已經不足。

短短十分鐘內，一到四樓就淪陷了。

很快地，敵軍就要攻到六樓的謁見室這邊。

——轟！

又是一陣巨響。

「敵軍在五樓處又炸了三個缺口！大約兩百人湧了進來！」

不知道是不是敵軍也開始失去理智。

一開始時，他們因為怕破壞不知是存放在哪裡的「季晴夏祕密」，一直沒有用重型兵器攻擊古堡。

但隨著戰爭不斷持續，我可以感到他們越來越粗暴，動作也越來越大。

「五樓牆壁間的夾層被破壞了，躲在裡頭的東之軍被發現！」

「派葉柔——」

「葉柔正在守著通往這邊的階梯！」

「逃不掉了，叫葉藏率領東之軍應戰。」

「核心戰術不是一擊脫離嗎？要是戰局拖久了，他們遲早會被包圍然後消滅掉的！」

「邊打邊退……想辦法跟葉柔會合。」

「會合後呢？」

「全員退到謁見室來，死守這邊！」

戰況越來越不利，我感到季曇春的命令越來越混亂，也越來越沒有自信。

這真的不能怪她，她已經做得很好了。

若是換作任何一個人，都無法把戰局拖到現在。

古堡原有五百人，但此時只剩下約莫一百人，而且多數身上都帶著傷。

為了不讓南之軍因為體力透支而全軍覆沒，季曇春將他們叫回了謁見室。

北之軍已滅，南之軍失去戰力。

也就是說，此時真的在作戰的，只剩下葉柔和葉藏的東之軍而已。

我環顧奄奄一息的古堡軍。

我們的目標是什麼？

這場戰爭進展到現在，我們不過是在苦苦支撐而已。

所有的戰法都不是為了贏，而是僅僅為了不要輸。

要是再繼續下去，所有人都會死在這邊。

「只要再一下——」季曇春喃喃自語。

我轉頭看向身旁的她，她的下脣已經被她咬破了，血不斷從乾巴巴的嘴脣流下，滴到白色的禮服上。

「只要再撐一下，『最後的祕密』就會——」

「最後的祕密」？

我知道季曇春現在說的是「季晴夏的祕密」。

季晴夏為了拆除人類腦中的「恐懼炸彈」，開始製造人類和病能者。

我只看了前半段，但依季曇春的說法，這個「祕密」還有最後的一部分。

那究竟是什麼？為何說它可以拯救人類，也可以毀滅人類？

而且最重要的是，那個「祕密」會對現在的戰局，帶來怎樣的轉機嗎？

——咚咚咚！

謁見室的門傳來了重重的敲擊聲。

「那是東之軍和葉藏他們，快打開！」我趕緊大喊。

當門打開後，渾身是傷的東之軍互相攙扶，一同退到了謁見室中。

「快把門關上！」斷後的葉柔大喊。

追在葉柔身後的，是如海一般的敵人！

她拚命揮動手上的「透」，不斷解決逼近的敵軍。

從剛剛開始就一直在審視整個戰局的我明白，葉柔是所有人之中負擔最大的一個。她一個人被當成一支軍隊在使用，常常被丟到戰局最嚴苛的地方。

照理說，她應該十分疲累了，但是——

「我沒問題的。」雖然身上染滿了鮮血和汙漬，但她依然露出微笑，「請把門關上吧。」

她站到了門外，隻身一人面對數千個敵軍。

她那嬌小的背影，不知為何看起來巨大無比。

看著這樣的她，我不由得說道：「可是，即使是葉柔妳，這樣也太勉強了——」

「不，少了大家的阻礙——」葉柔緩緩正坐下來，「我才可以發揮真正的實力！」

——唰！

一道銀光出現！

所有人的眼睛都被這道眩目的刀光給暫時奪走了視線！

當大家的視野恢復正常後，葉柔的身邊已經清空了。

在她身旁的敵軍全數被切碎、倒下，但這些屍體和噴出的鮮血完全沒有進到葉柔周遭。以她坐著的地方為圓心，她的身邊出現了一個白淨的圓，不管是什麼事物，都無法踏入其中。

一時間，不管是敵軍還是古堡的人，所有人看著葉柔神一般的刀技，同時驚訝地陷入沉默。

「還在猶豫什麼！」

葉柔的大喝，讓停滯的時間再度流動。

「快把門關上！要不然就來不及了！」

聽到葉柔這麼說，東之軍的人趕緊拉住厚重的鐵門，準備將門闔上。

但在門即將完全關上的瞬間——

「葉柔，我和妳一起。」

葉藏提著刀衝了出去！

以優雅的正坐姿態，她緩緩坐到葉柔身旁。

——砰咚！

厚重的鐵門終於關閉，將葉家姊妹和無數敵軍關在了外頭。

被這麼多敵人包圍，就算是害怕到逃跑也不奇怪。

可是，在門最後關閉前的那刻，我注意到了——

處在敵人群中的葉藏和葉柔互看了一眼，同時露出再溫馨不過的微笑。

一直以來，她們雖然都全心在乎著對方的事，卻因為院長和一些無可奈何的原因，導致總是錯過彼此，甚至還一度成為話都不說的陌生人。

但在此刻，在萬千敵人中，不知為何——

我覺得她們終於成為真正的姊妹了。

門外不斷傳來慘叫聲和刀劍碰撞的聲響。

有葉藏和葉柔守著門，暫時還可以撐一下。

我也趁這個時機關掉「三感共鳴」，稍微喘口氣。

然而，狀況依然沒有改善。

遲早她們會體力不支，一旦門被攻破，這裡所有人都會死。

古堡軍坐在地上，臉色都非常凝重，一時之間，謁見室的氣氛十分低迷。

此時，突然有一個人站了起來。

「公主殿下，請派我去進攻吧！」

南舉起左手，她的無名指上，多了一個熟悉的戒指。

我仔細一看，只見那個戒指呈蝴蝶形狀，左半邊塗成了黑色——正是能使用「刪除左邊」的病能武器。

南激動的說：「竟敢殺死北……就算只有我一個人，我也要殺光他們全部！」

她的雙眼充滿憎恨，完全失去了平常冷靜的樣子。

額頭滿布冷汗，看起來很難受的季曇春勸道：「南，別衝動。妳沒受過那個病能武器的訓練，要是真的使用了，反而會被病能吞噬而死亡的。」

「就算死也沒關係！」南舉起手上的步槍，槍托重重地敲了一下地板，「只要病能發動，那些敵人都得跟著我一同下地獄！」

聽到南這麼說，所有南之軍的人同時舉起了左手。

「要是我一個人能換他們一百個人的命，那我很樂意衝到敵軍之中！」

所有南之軍的手上，都有著黑色的蝴蝶戒指。

「我要將那些混蛋全都殺了！為北和北之軍報仇！」

聽到南這麼說，所有南之軍的人都跟著應和！

「殺了他們！」「殺了他們！」「殺了他們！」

我環顧這些失控的群眾，隱隱感受到了不對勁。

在群情激憤下，這些人對季曇春已毫無尊敬之意。

他們已經不是為了保護「祕密之堡」和公主殿下而行動。

他們只是單純地想發洩心中的恨意，想要為死去的夥伴報仇。

他們——

不過是想要殺人而已。

「南……」

「公主殿下！快點讓我出去！」

「不只是南，所有南之軍的人……」

「妳有聽到我說的話嗎！」

「大家……」季曇春以虛弱的聲音緩緩說道：「你們想要和北之軍的人一樣死掉……就這樣離開我身邊嗎？」

「你們想讓我眼睜睜地看著你們死去……什麼事都不能做嗎？」

「…………」

「…………」

「我已經不想要……再失去任何家人了。」

脆弱無比的話語，將失去理智的眾人暫時拉了回來。

南和謁見室中的人都陷入了沉默。

過了一會，終於意識到自己做了什麼的南單膝跪下，大聲道：「公主殿下，抱歉，我剛剛一時間被憤怒沖昏了頭，所以才——」

「沒關係……」季曇春輕嘆一口氣，「我知道你們不是故意的——咳！」

她咳出了一口血！

「公主殿下！」

「放心吧，一切都會沒事的——」

——砰！

就像是要反駁她，季曇春的話還沒說完，這場戰爭的終焉就突然到來。

謁見室的天花板轟然崩坍！無數敵軍就這樣從天花板垂降而下！

Chapter 3 最後的祕密

謁見室登時亂戰起來！

古堡軍和各國聯軍打成一團，鮮血和人類的肢體到處噴濺！

「殺了你！」「你們這群使用病能武器的怪物！」「嗚啊啊啊啊啊啊啊啊啊啊啊啊啊啊──！」

性命快速地消逝，慘叫聲充斥整個謁見室，狀況混亂至極。

我擋在季曇春和季雨冬身前，深深嘆了口氣。

原本，古堡軍是為了守護「季晴夏的祕密」而戰；至於各國聯軍，則是為了想要奪取這個「祕密」，實現他們心中的和平。

但這過程死了太多人，流了太多鮮血。

事態演變至今，大家早就失去理智，忘了原本的目的。

所有人只是憑著心中的仇恨揮著手上的武器，將殺意發洩在敵人身上。

到這步田地，不管是什麼戰術都沒用了。

不管你是為了怎樣的理由而戰，不管你想要守護誰──

強的人才能活得下去，事情就是如此單純。

這一年來我走遍世界各地，呈現在我眼前的，都是這樣的悲劇。

不管怎麼努力、不管使了怎樣的辦法，我都無法扭轉這一切。

無力感充滿我的心中。

「武大人，沒關係的。」季雨冬牽起我的手，安慰道：「你已經盡力了……」

「嗯……」

必須找個機會，帶葉家姊妹還有季雨冬離開這邊。

這次又失敗了。

這樣的失敗到底還要幾次？

別說保護季晴夏無法保護的人了，我連自己想拯救的人都無法拯救——

「還有辦法。」我身旁的季曇春突然開口：「時間就快到了……一切都不會有問題的。」

「還說什麼一切都不會有問題……」我指著眼前不斷廝殺的人群，「這已經沒救了啊！」

「就是沒救才好。」

「妳到底在說什麼！是不是喪失理智了！」我抓住季曇春的雙肩不斷搖晃，「戰爭已經結束了！妳要是再不想個辦法帶大家逃出去，你們全都會死在這個地方！」

「季武，你難道沒感覺到嗎？」季曇春指著身前的空氣說道：「這裡可是充斥著幾乎要壓垮人的殺意和恨意喔。」

「就是感受到了，所以我才說這已經沒救了啊！」

「不，這也是計畫的一部分。」季曇春露出再悲傷不過的笑容，「就是有著這麼多恨——就是因為死了這麼多人，才能揭開『最後的祕密』。」
「咦……？」
「你還記得這段話吧？」
季雲春張開了那與季晴夏一樣的脣，緩緩說著我已聽過無數次的話。
「人殺人的數量，遠多過於蛇和火。於是，人們將這股恐懼儲存在基因中，形成了『恐懼炸彈』。」
此時，我突然意識到不對勁。
——靜。
好安靜。
突然間，不管是古堡內還是古堡外都安靜了下來，像是空無一人的模樣。
我朝王座下一看，只見所有人都停止了打鬥，就像是結凍一般，他們站立在原地一動也不動。
「要是『恐懼炸彈』引爆，人類就會成為『恐懼人類』，對『人類』這個物種感到恐懼，拚了命想要將人類給抹除掉。」
莫非、莫非——
心底浮現不祥的預感，討厭的記憶也從腦中復甦。
「啊……」
不知是誰先發出一聲小小聲的慘叫。
緊接著，就像傳染病，慘叫聲開始不斷連鎖、擴散——

「啊啊啊啊啊啊啊啊啊啊啊啊啊啊啊啊啊啊啊啊啊啊——！」

所有人都發出慘叫，臉上露出了恐懼至極的神情。

——他們不受控制的開始自殺和自相殘殺。

「三年前在實驗室中的慘劇……重演了？」

我和季雨冬呆呆地站在王座旁，完全不敢置信。

眼前的情景和過去的回憶重疊在一起。

那時，在季晴夏的研究所中，所有人的「恐懼炸彈」都引爆，成為了「恐懼人類」——就跟現在一樣。

真沒想到，季曇春的目的，竟是想藉這場戰爭，點燃人類腦中的「恐懼炸彈」。

要是繼續這樣下去，這幾萬人都會死在這邊！

「『最後的祕密』開始了。」

季曇春握住我的手，向我露出彷彿季晴夏的笑容。

「季武，你準備好了嗎？」

情況完全失控！

不管是古堡內還是古堡外都陷入一片火海之中。

空中的直升機胡亂開槍，射殺地面的友軍，有的甚至直直撞上古堡的外牆，發出「轟」的聲響後爆炸墜落。

各國聯軍開始互相殘殺，有的抓破自己的喉嚨，有的舉槍自裁，有的直接燃放毒煙筒，將自己的軍隊毒死。

——抹殺人類這個物種。

被恐懼驅使的他們，只能毫不猶豫地朝著這個目標前行。

「嗚……」

在一群瘋狂的人類中，唯有古堡之人勉強保持理智。

他們表情扭曲，雙手抱著頭，彷彿頭很痛一般。

以艱難的步伐，他們走到了謁見室的角落。

至於葉藏和葉柔，則擋在古堡軍的前方，抵禦「恐懼人類」的襲擊。

「為什麼……會有這種差異？」

我轉頭看向難受至極的季曇春，提出了疑問。

「因為……呼、呼……我用『水晶王冠』暫時壓抑住他們腦中的恐懼……」

季曇春不斷喘氣，毫無血色的臉就像是張白紙。

「但是，這只能撐住一時，要是繼續下去，就連他們都會因為『恐懼炸彈』引爆而死。」

我可以感受到，她是燃盡最後一分生命之力在使用「水晶王冠」。

看著她那痛苦的表情，我忍不住說道：「季曇春……要是再這樣下去，妳會死。」

「我本來就該在這時死掉的……即使沒有這麼勉強自己，我的壽命也會在『祕密』揭開時終結。」

「……」

「請你仔細聽好我接下來的話……」

她的右手緊緊抓著我的衣角。此時我注意到，季曇春的雙眼已經失去了光芒。看來，現在的她似乎連視覺都壞掉了。

「我必須完成『最後的祕密』，因為這是我被製造出來的責任……」

「嗯。」

我握住她抓著我衣角的手，季曇春因為我這舉動而露出淡淡的微笑。

看著這樣的季曇春，我感到不忍。

她的人生，是季晴夏定下的。

就如季晴夏在「祕密」中說的，她做了人類絕對不該做的事。

她擅自地製造人類，然後決定了這個人類的壽命。

「季武，你有注意到嗎？雖然所有人的『恐懼炸彈』都引爆了，但還是有少數人不受影響。」

「嗯……？」我看了看周遭的人，發現還保持正常狀態的，是季雨冬、季曇春還有葉家姊妹。

「若是扣掉我和季晴夏的妹妹，不受影響的人都有一個共通點，你有發現嗎？」

「我、葉藏和葉柔的共通點……？」

我看著左手上的蝴蝶印記。

真要說的話，我們的共通點只有一個吧？

「是的，那就是你們都是『病能者』。」

「這跟『最後的祕密』有什麼關係？」

「你還不明白嗎？這就是『最後的祕密』啊。」季曇春一邊微微喘氣、一邊說道：「回想一下，季晴夏一開始是為了什麼而製造人類和病能者的？」

「為了拯救人類……」

「不對。」季曇春搖了搖頭，「是『為了拆除人類腦中的恐懼炸彈』，拯救人類。」

「那又如何，這兩者有不同嗎？」

「當然不同，大大不同。為了拆除炸彈，季晴夏想了無數辦法，她曾想過把恐懼轉移到她自己身上，也曾想過把所有人都變成家人，但最後這些計畫都以失敗作收。」季晴夏將臉轉向我的方向問道：「計畫全都失敗後，她做了什麼？」

「她……」

「她做了什麼？」

季曇春朝我一指，就像是要用那根手指刺穿我一般。

我意識到了她想要說什麼。

季晴夏接下來所做的，就是——

「她開始……製造病能者。」

於是，我成了「這世上第一個病能者」。

「——終有一天你們會發現我製造『病能者』的理由。」

腦中響起了季晴夏的聲音。

我隱隱約約意識到了，季曇春接著想要說什麼。

於是，我的話語開始顫抖：「該不會、該不會——」

「沒錯，就是這樣。」季曇春點了點頭，「為了拯救人類，於是才有了病能者。」

「——你們會發現我想要用怎樣過分的方法拯救人類。」

「只要把『恐懼』轉移到其他地方，人類腦中的『恐懼炸彈』就不會引爆。」

「等、等一下。」

雖然我已經想到了答案，但為了做出最後的掙扎，我還是提出了質疑：「晴姊也說過，『恐懼轉移』沒那麼簡單，人類恐懼的是『人類』這個物種，這股恐懼是無法轉移到『個人』身上的，晴姊之前也曾因為這樣而失敗過——」

「那麼，若是將『恐懼』轉移到『另一個物種』上呢？」

「————！」

「『病能者』雖是人類，但在人類的認知中，『病能者』並不等於人類，他們將病能者視為一個和人類無比相似的——『另一個物種』！」

季曇春緊緊抓著我的衣服，就像是希望我不要逃避這殘酷的真相。

「所以，只要人類將『恐懼』轉移到『病能者』身上，『恐懼炸彈』就不會引爆，人類也就會免於滅亡——這就是季晴夏的『病能者計畫』！」

——至今以來的碎片，在這個瞬間合而為一。

為什麼季晴夏要製造病能者？

因為，她為了讓人類將「恐懼」轉移到「病能者」身上。

為什麼季晴夏要讓院長將製造病能者的方法洩漏出去？

因為，她想要增加病能者的數量，讓人類和病能者之間的對立加劇。

為什麼這一年來，世上都沒發生「恐懼炸彈」引爆的事件？

因為人類和病能者一直在衝突，彼此憎恨啊！

「但是，這不就表示、不就表示……」我看著左手上的蝴蝶印記，不可置信地說：「病能者之所以存在——

就是為了讓人類憎恨嗎？」

「你說得沒錯。」季曇春嘆了口氣：「這就是『季晴夏的祕密』——可以拯救世界，也可以毀滅世界的祕密。」

「…………………」

我的意識化為一片空白。

不過，季曇春依然沒饒過我。

「季武，你現在知道要怎麼拯救古堡中的人了吧？」

「……怎麼做？」

我根本沒有思考，只是反射性地回答問題，讓話語從我嘴中流瀉而出。

「只要你將我殺掉就好。」

季曇春從王座中掏出一把匕首，將它遞到我的手上，「你是這世上第一個病能者，所有人都知道這件事。所以某方面你就代表著病能者這個物種，只要你在他們面前殺了我，他們對人類的恐懼，就會轉移到病能者這個物種上。」

「殺了……妳？」

「是的，殺了我吧。」

季曇春拉動我的手，將閃亮的匕首抵在自己胸前。

「──我為了『儲存季晴夏的祕密』而生；然後，為了『守護季晴夏的祕密』而活；最終，我想我也會因『季晴夏的祕密』而死。」

原來……是這個意思。

原來這句話是這個意思。

季曇春早就知道了一切。

她早就知道等在她面前的結局是什麼。

她是……為了死亡而誕生的存在。

「該不會……古堡中的人這麼仰慕妳，也是──」

「是的，也是計畫的一部分。」她露出淒涼的笑容，「因為，這樣子當你殺害我後，他們才會輕易地憎恨你。」

——轟！

巨大的石頭從天空掉落！燒毀的牆壁也轟然崩塌！

「這座『祕密之堡』，其實是季晴夏的實驗場。」

——劈啪！

火越來越大，不管是什麼事物，都漸漸地被這些火焰融化，燒毀。

然而，季曇春的話，仍從大火燃燒的聲響中清楚地透了出來。

「季晴夏想拿『祕密之堡』做實驗，來印證她的『病能者計畫』是否能成功。」

本來吵雜的慘叫聲漸漸靜了下去。

好多人死了，一個不例外的全都死了。

要是什麼都不做，人類的終末就會到來，變成我眼前的情狀。

「當你殺了我後，若是古堡眾人能從恐懼中活下來，『最後的祕密』就會完成……」

我看了看季雨冬、看了看季曇春，最後再看了看底下的屍體。

不過才幾分鐘的時間，這幾萬人都死光了，而縮在角落的古堡軍表情越來越扭曲，看來也要抵不過腦中的恐懼。

注視著這副慘狀，我用手按住了額頭。

這瞬間——

現實從我身上剝離。

眼前的一切就像是在作夢，一點真實感都沒有。

不管看到什麼，我都覺得那與我無關。
不管是浴血奮戰的葉家姊妹，還是不斷呼喊我的季雨冬都離我好遠、好遠……
這一切都是真的嗎？
不，快死的季曇春根本沒必要撒謊。
季晴夏為了拯救人類，於是製造病能者，想要將這股恐懼轉移到病能者身上。
打從一開始——從製造我出來的那刻，季晴夏就想好了這一切。
「季武……」季曇春身體一歪，從王座中滑落，我反射性的抱住了她。
在我懷中，她以幾乎要消失的聲音說道：
「別忘了……我曾跟你說過什麼……」
「——當哪天『季晴夏的祕密』展現在你面前時，請你千萬不要移開目光。」
可是……這真的是太殘酷了。
光是不要逃避這麼殘酷的事實，就花盡了我全部的力氣。
我再也無法思考任何事情。
病能者存在的目的，就是為了讓人類殺害。這樣的生命、這樣的生命——
「還是……具有意義的。」看穿我心聲的季曇春回答我。
她伸出顫抖的手，來回撫摸我的臉頰。
「看看我吧……打從一開始……我就知道我是為了此刻的死亡而存在的……」

季曇春的手非常冰冷，就像是冰塊一般。

「但是……我很開心這條命，可以拿來拯救古堡中的人……」

她露出了淡淡的——淡到彷彿要消失的微笑。

「這樣的死亡……比大多數人的死亡都有意義吧……」

「嗯……」

「我可以拯救表面上看似冷淡……但其實比誰都還溫柔的南……」

「嗯……」

「我原本也可以拯救雖然有些蠢笨……但比誰都還善良的北的……」

「嗯……」

「若是我做得更好些……說不定……我能讓古堡中的五百人都活下去……」

「嗯……」

季曇春的話，勾起我心中一幕又一幕的回憶。不知道該說什麼的我，只能像個傻瓜似的不斷應聲。

我想起了她和北一同喝酒的模樣，想起了她和南相視而笑的畫面。

——想起了她和古堡眾人一同歡笑的情景。

「季武……」雙眼失焦的季曇春輕聲說道：「謝謝你來到我的身邊……」

「為什麼啊……」我緊握雙拳，「為什麼……要謝我啊……」

季晴夏將妳的人生弄得亂七八糟，身為她的弟弟，我沒有接受妳道謝的資格。

而且——

我可是接著要殺了妳的人啊。

「我就是為了你殺我這事而道謝……」

「……為什麼？」

「因為本來……應該是要由季秋人殺了我的……」

「季秋人……？」

我的腦中出現那與我一模一樣的臉龐。

「——她是為了『祕密』，才將季秋人送來的。」

就在此刻，季曇春曾說過的話從心中浮現。

我很快就明白了這句話的意思。

「晴姊她……」我有些哽咽地說：「晴姊將季秋人送到妳身邊，為的竟然是這個嗎？」

晴姊她……

把季秋人當作是我的保險。

若是我因為什麼因素而無法走到這步，季秋人就會代替我執行這一切——

——**殺了季曇春**。

「之所以用和我長得一模一樣的季秋人……是因為我是『這世上第一個病能者』嗎？」

就算不是同一人，但只要外觀看起來像是這麼一回事就好。

只要「這世上第一個病能者」殺了季曇春，這個實驗就會成立，季晴夏就可以知道恐懼究竟能不能轉移到病能者身上。

「是的……所以……我才在兩個月前，將季秋人變成了『季武』……」

「妳希望是『季武』，而不是『季秋人』殺了妳，是嗎？」

「是的，這是我的小小私心……我不想被我喜愛的『家人』殺掉……」

兩條涓細的淚水從季曇春眼中流了出來。

「抱歉……雖然只有兩個月，但我竟奪走了你的家人和夥伴……」

「不要……跟我道歉啊……」

跟季晴夏對妳所做的事相比，妳對我所做的事根本不算什麼。

「我明明知道那是多麼痛苦的事……」季曇春哽咽道：「被家人看成是陌生人……我明明知道那是多麼痛苦的事，還是把這樣的苦加諸在你身上……」

當季曇春把季秋人變成季武後，懲罰同時也降臨了。

季秋人將再也不認識她。

不管之前有怎樣的回憶和情感，一切都會化為虛無。

季秋人會以看陌生人的目光，看著季曇春。

她以失去唯一家人做為代價，達成了季秋人的願望，替他製造無數的虛幻家人。

「對不起……對不起……」季曇春一邊流淚一邊道歉，「對不起……」

她閉上眼，手從我的臉頰滑落。

她的心跳漸漸停止。

她就快死了。

要是讓她就這麼死去，那古堡之人便無法得救。

我必須盡最後的義務，以「世上第一個病能者」的身分殺了季曇春，拯救古堡中的人。

為了不讓她白死，我高高舉起手上的匕首——

——砰！

此時，謁見室的門突然打開。

我看到渾身是傷的季秋人衝了進來。

可能是被捲入「恐懼人類」的混亂中吧，他手捂著左眼，鮮血不斷從指縫間流出。

看到我即將殺死季曇春，他雙眼圓睜，不可置信地站在原地。

「最後……」

季曇春的聲音非常微弱，要是不靠近聽，根本就什麼都聽不到。

於是，我低下頭去，將耳朵貼在她的嘴邊。

「最後……我真想……」

我懷中的季曇春，緩緩吐出了人生的最後一句話——

「聽秋人叫我一聲姊姊啊……」

命運是如此殘酷，季曇春剩下的時間，根本就不夠季秋人趕到她的身邊。

於是，我閉上眼，決定在此刻製造最真實的謊言。

這兩個月來，我二十四小時的看著季秋人。

我不知道兩個月前的季秋人是怎樣的人，但我知道這兩個月的季秋人和季曇春有著怎樣的回憶。

發動「感官共鳴」，將所有曾發生過的情感納入心中。

徹底模擬季秋人的氣息，揣摩他可能會有的想法。

此時的我不是季武，而是季秋人變成的季武。

睜開眼睛，我向懷中的季曇春緩緩說道：

「曇春……姊姊。」

聽到我這麼叫，季曇春雙眼因為驚訝而微微睜大。

「謝謝妳……達成了我的願望。

「謝謝妳……在我失落時給我鼓勵。

「謝謝妳……總是跟我說『一切都不會有問題了』。

「謝謝妳給了我短暫的夥伴……謝謝妳給了我最真實的謊言。

「就算再怎麼虛假，那之中的感情也依舊是真的。

「因為……就像妳因為我找到了自己，我也因為妳而找到了『季秋人』。

「所以謝謝妳——」

附在季曇春耳邊，我輕聲說道：

「謝謝妳……曾經當過我的姊姊……」

聽到我這麼說，季曇春露出了笑容。

那是個美麗無比——僅屬於季曇春的笑容。

——噗！

我揮下手，將匕首刺入季曇春心中！抹殺了那個笑容！

「不————————！」

季秋人看著這情景，發出淒厲無比的叫聲。

我站起身來，看著季曇春那與季晴夏一樣的臉龐，久違的淚水從我眼中流下。

在此刻，我突然明白了一件事。

——在製造儲存「祕密」的人類時，季晴夏為什麼要選擇和自己長得一模一樣的季曇春。

因為，這是預演。

終有一天，我也會像這樣，親手將季晴夏殺死。

為了讓我擁有殺死她的覺悟，季晴夏安排了這場實驗。

「哈哈哈哈哈——！」

我抹去眼中的眼淚。

「哈哈哈哈哈哈哈哈哈哈哈哈哈哈哈哈哈哈哈哈哈哈————！」

面對王座下的季秋人和古堡眾人，我笑出了聲音。

「真是一群蠢蛋，竟然那麼簡單就相信了我！」

舉起染血的刀子，我大聲喊道：

「我可是季晴夏的弟弟啊，你們這群愚蠢的人類，竟相信我這個『病能者』！」

聽到我這麼說，季秋人瞪著我，眼中流下了血淚。

他以嘴型做出了「我、一、定、會、殺、了、你」的字句後，轉身就跑。

看著他沒入大火中的背影，我明白——從今天起，他就不再是「季武」了。

他有多珍惜「季曇春」，就有多恨「季武」。

他將憑藉這股恨意，活得像是「季秋人」。

「『病能者』是比誰都高貴的物種！身為人類的你們，沒有活下去的價值！」

我不斷吐出惡毒的話語。

隨著我越說越多，古堡眾人臉上的恐懼逐漸消失。

——取而代之的，是滿滿的恨意。

我踢了踢躺在地上的季曇春，張開雙臂大聲說道：「我是這世上第一個病能者，所以我擔負著肅清和進化世界的責任！殺死季曇春就是第一步！我要告訴你們，身為次等物種的你們，必須全部死在這個地方——」

「——開什麼玩笑！」

南首先大喊出聲。

「在殺了你和病能者之前，我們是絕對不會死的！」

跟隨著南的話語，所有人大喊出聲：

「殺了你！」「季武，我要殺了你！」「全部的病能者都去死吧！」

季晴夏的計畫成功了。

他們的恐懼轉移到「病能者」身上，成功活了下來。

但是——

「晴姊……」

晴姊，這就是妳想看到的情景嗎？

這般絕望又充滿恨意的光景。

為了拯救人類，為了讓我把妳徹底當作敵人，妳非得要做到這個地步嗎？

看著以安詳表情死去的季曇春，我的眼淚不知為何再度流了出來。

「殺光病能者！」「殺光病能者！」「殺光病能者！」

在一片憎恨中，我低下了頭，掩蓋自己流淚的事實。

季曇春。

這是我最後給妳的補償，也是我所能為妳做的最後一件事。

就如同妳所希望的——

這份罪業，由「季武」全部背負。

終章

在離「祕密之堡」幾百公尺遠的一座小山丘上，某位女子駐立在上頭，眺望陷入一片火海的古堡。

這名女子有著長長的亂髮，穿著白袍，缺了一隻左手。

此時，一陣腳步聲自她身後傳來，她頭也不回地對身後之人說道：「真是惡趣味啊，明明不過是個影像，還特地弄出腳步聲來。」

「哎呀，被發現了。」

本來空無一人的地方，一個穿著層層疊疊和服的嬌小女子突然憑空出現。

院長展開手中的紙扇笑道：「我本來想趁妳回身時突然投影在妳面前，嚇妳一跳的。」

「鼎鼎大名的『滅蝶』首領，為何此時出現在這裡？妳不是正忙著征服世界嗎？」

「同樣的問題我也想問妳呢。消失一年，讓世界變成如此的季晴夏，又是為何站在這邊呢？」

季晴夏沒有回答，也沒有回過頭來。

她只是靜靜地看著眼前的情景，像是想把這一切映在眼中。

「妳拯救世界的『病能者計畫』終於成功了。請問季晴夏，妳現在的心情是如何呢？」院長闔起紙扇，當作麥克風遞了出去。

但是，季晴夏依然沒有理會她。

「想必妳應該很有成就感吧？畢竟這麼多年的準備，終於在這刻開花結果。」院長用扇子遮住了下半張臉，「打從一開始發明病能時，妳就想到了這一切，能制定如此可怕的『病能者計畫』並付諸實行，我算是服了妳。」

「……」

「仔細想想，就連我也只是在妳掌心中起舞。我將製造病能者的方法洩漏給全世界，讓病能者的數量大幅增加，雖然『滅蝶』的勢力確實因此而壯大，但我也間接完成了妳的計畫。」

「啪」的一聲張開扇子，院長說道：「我猜，妳下一階段的計畫應該是這樣吧？讓『滅蝶』和『莊周』進行戰爭——讓『普通人』和『病能者』分成兩邊互鬥。」

「真不愧是只說實話的院長。」背對著院長的季晴夏點了點頭，「一切都被妳料中了。」

「只要分成明確的兩邊，讓人類和病能者產生對立，那麼『恐懼炸彈』就能轉移到病能者身上，人類就不會因為恐懼引爆，變成『恐懼人類』，世界也會因此而得到拯救。」

「沒錯。」

「妳的目的達成了，開心嗎？」

「很開心啊。」

「我一直很想問妳——」院長用扇子敲了一下自己的手掌，「即使妳這樣玩弄季曇春，妳也一點罪惡感都沒有嗎？」

「妳指的是什麼呢？」

「我一直在思考一件事：季曇春將季秋人看得很重，甚至最後的願望，也是希望季秋人能叫她一聲姊姊。」

「那又如何？」

「他們相處的時日並不多，季秋人雖然確實在某方面觸動了季曇春的心弦，但季曇春投入的感情這麼深，感覺也太奇怪了些。」

院長露出笑容道：「如果是因為季秋人無意中發動了『家人製造』，影響了季曇春的感情，那這一切就說得通了。」

「妳是想說，我將『家人製造』的病能灌到季秋人的體內，為的就是這個目的嗎？」

「我無法說謊，所以，以下我所說的並非是事實，僅僅是我個人的主觀臆測而已。」院長用扇子指著燃燒的古堡，「因為被『家人製造』的病能影響，季曇春會很容易對季秋人產生感情。只要這個前提完成了，那麼接下來的事態發展就會變得容易預測。為了不讓自己被季秋人殺死、為了滿足季秋人的願望，她會將季秋人變成季武。」

「……」

「不管真正的季武有沒有來到這座古堡，不管他有沒有發現真相都沒關係，因為只要『季秋人變成了季武』，最後殺死季曇春的人，都一定會是『季武』——季晴夏的弟弟。」

「……」

「季武是妳的弟弟，也是這世上第一個病能者。妳想藉由他殺死季曇春這點，確認恐懼能不能轉移到病能者身上——而妳最終成功了。」

「誰知道呢？」季晴夏淡淡地說：「就像妳說的，這不過是可能性之一罷了。」

「沒錯，妳說得對，真相沒有任何人知道。季曇春沒受病能影響，只是單純地對季秋人產生感情，這點也是有可能的。」院長用扇子捂著嘴說道：「真正的答案，或許只有死掉的季曇春知道了。」

一陣風吹來，揚起了季晴夏的白大衣和黑色長髮。

站在季晴夏身後的院長，將扇子收進懷中，緩緩道：

「季晴夏。」

「什麼事？」

「現在的妳，是怎樣的表情呢？」

「……」

院長一步步往季晴夏走去。

「殺了如此多人，妳會露出後悔的神情嗎？」

「…………」

「還是玩弄季曇春的人生，讓妳正滿足地笑著呢？」

「……………」

「抑或是妳讓自己的弟弟承擔這樣的罪業和痛楚，正在大哭？」

走到季晴夏身後的院長，彷彿在期待什麼似的輕聲說：

「讓我看看吧，現在的妳究竟是怎樣的表情——」

「別小看我了，院長。」

季晴夏緩緩轉過了身。

她的臉上，是一如往常的自信笑容。

沒有愧疚、沒有罪惡、沒有滿足、沒有喜悅、沒有憤怒——那之中什麼都沒有，宛如純白。

「我不會後悔、不會悲傷，也永遠不會流下淚水。」

季晴夏僅僅是笑著，露出專屬於她的笑容。

「因為，要是我真的展露了這些情緒，那對死去的人，豈不是太失禮了？」

她看著燃燒的古堡，淡淡道：

「所以，我只會以這樣的笑顏朝著目標不斷前行。過去如此，現在如此，未來也會是如此。」

「……………」

看著這樣的季晴夏，院長驚訝地嘴巴微張。

過了良久，她嘆了口氣：「我本來還期待，妳會露出稍微像個人類的表情呢。」

「我不過是個怪物，這種事，妳不是早就知道了嗎？」

「要是我是人類，我說不定一輩子都贏不過妳吧。」院長也露出美麗的笑容，「但

是，現在的我也已經不是人類了。」

季晴夏和院長默默地注視彼此，一句話都沒說。

一個是「病能者」的代表，一個是「普通人」的首領。

她們都清楚，下一次見面，說不定就是必須拚得你死我活的關鍵時刻。

「我要說的話都說完了。」

院長轉過身去，穿著和服的身影逐漸變淡，就像是要消失一般。

「啊，對了。」

但在最後，她就像是想起了什麼似的突然說道：

「我還有一個問題呢。」

「什麼問題？」

「妳究竟為何要把季曇春弄得跟自己一樣呢？」

「……………」

「表面上看起來，好像是為了讓季武徹底把妳當作敵人，並為他殺死妳的那天做出預演——」

「沒錯，這一切都是為了當殺死我的那刻到來時，季武能毫不猶豫。」

季晴夏突然打斷了院長的話，就像是想快些為她解答。

看到季晴夏這反應，院長露出了微笑：「但仔細想想，這很奇怪吧？」

「哪裡奇怪？」

「最後殺死季曇春的，也有可能是季秋人變成的季武啊。」

「…………」
「若是如此，妳讓季武做出覺悟的目的就落空了吧？」
「…………」
「其實，根本就沒有這個目的吧？」
「……誰知道呢？」
「為了印證『病能者計畫』是否正確，根本就不用將季曇春弄得和妳一樣吧？我不斷的思考這個疑點，然後就在某天，我想到了一個可能性——」
「什麼可能性？」
「說不定，妳只是——」
「想要看看『普通版本』的季晴夏和季武，相處起來究竟會如何，是嗎？」
「——！」
「留下季武的失敗品、灌入『家人製造』的病能、建造這座古堡，表面上是為了『病能者計畫』，其實這一切的一切——都只不過是因為妳想要知道，身為普通人的季晴夏和季武，究竟能否像家人一般幸福過活。」
「不、不是這樣的——」
「呵呵……妳終於露出那麼一點點像是人類的表情了。」
得意的院長不斷輕笑，身影就此消失。

季晴夏傻傻地站在原地，露出苦悶的笑容。
「真是的……」
她輕嘆一口氣，凝視著院長消失的位置，緩緩說道：
「這次，似乎是我輸了呢。」
說罷，季晴夏抬起頭來，望著天空中的一架飛機。
此時——
她做了一個這輩子從沒做過的動作。
對著那架飛機，她閉上眼睛，將右手併掌豎了起來，將其擺在額頭上，就像是在對天祈求什麼。
相信不管是誰看到她這舉動，都會驚訝到下巴掉下來吧。
因為，彷彿什麼事都能辦到的季晴夏，竟會做出這般像是祈禱的動作。
或許季晴夏是希望有人能挽回這一切，也或許是希望能有人改寫這悲傷的結局。
但是，這是不可能的事。
沒有人能超越她，就連與她並肩而行都做不到。
所以不論季晴夏有著怎樣的祈願，能實現她願望的人——
在這世上，不可能存在。

終章之後

要是待在那邊，一定會被古堡內的人殺死，於是，我帶著季雨冬、葉藏和葉柔逃出了「祕密之堡」。

從各國聯軍遺留下來的軍備中，我搶走了一架小型飛機。

因為一直都在戰鬥，葉藏和葉柔累積了不少疲勞，一上飛機後，馬上就肩並著肩靠在一起，陷入深深的沉睡中。

我用病能檢測她們，發現兩人身上的「家人製造」已經消失了。

等到她們醒來後，想必一切都會恢復原狀吧。

「接著……該往哪裡去呢？」

握著操縱桿的我，突然不知該何去何從。

廣大的天空，潔白得就像是什麼都沒有。

我的心中空空如也，這種空蕩蕩的感覺，甚至讓我懷疑自己是不是已經死了。

身後的古堡依然熊熊燃燒，我們就像是逃難一般，逐漸遠離了「祕密之堡」。

到頭來，我一個人都沒救到。而且，還製造了許多仇恨。

接下來，我到底該怎麼辦？

不管到哪邊，是不是這樣的悲劇都會重演？

我看著自己的手，剛剛殺死季曇春的手感還殘留在上頭。

雖然手掌十分潔淨，但我仍覺得它沾滿了鮮血。

終有一天，我也會像剛剛那樣，親手殺了季晴夏，用刀子刺穿她的心臟嗎？

如果是這樣，那我不如——

「武大人。」

季雨冬的聲音突然在我耳畔響起，打斷了我的自暴自棄。

「雨冬……」

我轉過頭去，結果看到了她一如既往的微笑。

「武大人甘心就這樣結束嗎？」

「就算不甘心，那又如何……？」

一切都已經結束了，季曇春死了，「祕密之堡」同樣毀滅了，而剩下的古堡之人，也只能抱著對病能者的深深仇恨，就這樣繼續活下去。

「這樣的結局，不是太過悲傷了嗎？」

「就算悲傷，也無可奈何啊……」

「還有人能改變這一切吧？」

「……誰？」

「季曇春啊。」季雨冬以再認真不過的表情說道：「古堡之人這麼仰慕她，若是她出現，對古堡中的人說些話，說不定情況就會有所改變——」

「——別開玩笑了！」

「砰」的一聲，我重重地敲了一下眼前的儀表板，對季雨冬大吼：「季曇春已經死了！」

這是我第一次這麼失控的對季雨冬大吼。

然而，季雨冬並沒有被我嚇到。

她默默地坐在我身邊，露出一直以來在我身邊都會有的微笑。

面對她這樣的笑靨，我終於在幾秒鐘後，察覺自己做了什麼。

「對不起，雨冬……」我捂著臉說道：「但是，是我親手殺了她的……」

低下頭，深沉的後悔和悲傷再度纏繞我的心。

「季曇春已經死了，哪裡都不存在了——」

「不，她還在。」

「咦？」

「她就在這邊啊。」

季雨冬從身後拿出了「水晶王冠」和白色禮服。

「古堡中的人從沒看過奴婢，而奴婢又和季曇春長得一模一樣。那麼若是奴婢穿上禮服，透過王冠和大家說話，看起來就會像是季曇春死而復生吧？」

「可是、可是……」

過於驚訝的我，說話都結巴了起來。

「就算看起來像是季曇春跟大家說話，那也不過是謊言……」

「武大人。」

季雨冬戴上了水晶王冠，微笑道：

「放心吧，一切都不會有問題的。」

看到季雨冬那彷彿季曇春的微笑，我愣在當場，一句話都說不出來。

對著這樣的我，季雨冬緩緩道：

「就算是謊言沒關係，因為——

「沒人規定不能相信謊言，也沒人規定謊言不能拯救他人。」

在我和所有古堡之人的面前，出現了季曇春的身影。

接著，她的聲音迴響在我們的腦海。

「各位古堡中的人啊——

「雖然我已經死了，但為了在最後和你們說點話，我來到了你們面前。

「或許有人對此感到懷疑，要不要相信，請聽完我說的話後再做決斷吧。」

季曇春抱起雙臂，微微歪著頭說道：

「嗯……該從哪裡說好呢？畢竟經歷了好多事，總覺得有好多話想跟大家說呢。」

她不斷苦思、苦思——

最後，像是終於想到了什麼，她握拳敲了一下手掌。

「決定了，我只說這句。」

將雙手擺在嘴前，她大聲喊道：

「各位——

「——我很幸福喔！」

露出盛大且美好的笑容，季曇春對著眼前的所有人大叫出聲：

「能遇到你們，能這樣活著，我很幸福！」

揮了揮手，季曇春轉過身去。

她的身影，就這樣緩緩地從我們面前消逝。

——我緊緊抱住身旁的季雨冬。

「武大人？」

「嗚……」

淚水不斷地從我的眼中流出。

「嗚啊啊啊啊啊啊啊啊啊啊啊啊啊啊啊啊啊啊！」

或許什麼都沒有改變，或許古堡之人依然會滿懷憎恨的活下去。

但是，我總覺得有什麼事情，在剛才那刻變得不一樣了。

儘管我知道剛剛的季曇春不過是幻影，但我依然被這樣的謊言所拯救——被它所救贖。

我就像個孩子似的，抱著季雨冬不斷痛哭。

我想相信——想要這麼相信。

就算被製造出來，就算遭遇了這樣的下場，就算只是最真實的謊言，季曇春的這一生，依然就像剛剛所說的一般，過得無悔且幸福。

「武大人……」

輕拍著我的頭，季雨冬緩緩說道：

「你不是跟姊姊大人做過這樣的約定嗎——『要是她保護不了的人，就由你來保護。』」

「沒錯，可是我太沒用了，完全無法守住這樣的約定……」

「這是很正常的，畢竟姊姊大人是那樣的存在，光是要和她並肩而行，都是一件極為困難的事。既然無法與她對等了，又要怎樣實現她的願望呢？」

「那麼，我究竟該怎麼辦？」

「加上我吧。」

我驚訝地抬起頭來，季雨冬對我露出溫柔的微笑。

「要是一個人追不上，那就兩個人一起追吧。」

「兩個……人？」

「要是兩個人追不到，就再加上葉藏和葉柔吧。」

隨著季雨冬的話，我感到眼前一點一點的被點亮。

就像是被她指引了方向，我的迷惘逐漸消散。

「要是四個人追不到，那就找更多人一起追吧。」

從季雨冬身上散發出的光芒，讓我感到非常溫暖。

但是，看著這樣的她，我仍忍不住問道：

「雨冬……」

「嗯？」

「即使看到晴姊做出這麼殘忍的事，妳仍沒有改變站在她那邊的想法嗎？」

「是的，我沒有改變。」季雨冬輕輕搖了搖頭，「因為就在剛剛，我終於想通了一件事。」

「什麼事？」

「那就是——姊姊大人為什麼要和你訂下那樣的約定。」

「——要是季晴夏保護不了的人，就由季武來保護吧。」

「沒有人可以實現她的願望，姊姊大人理應是最清楚這件事的人，那她為何要和你訂下這樣的約定呢？」

「為什麼？」

「那是因為——」

「她無法保護的人，也包括她自己啊。」

「啊……」

「——請你看穿『祕密』中隱藏的深意，請你思考為何季晴夏要將你製造出來。」

季曇春曾說過的話，在我腦中迴響。

「——請你不要忘記——那個與季晴夏訂下的約定。」

「啊啊……」

我的眼眶再度浮現出淚水。

在因淚水而模糊的視線中，我看到了不斷前行的季晴夏。

她不知道停下腳步的方法，也不知道要怎樣才能不丟下他人前進。

痛苦無比的她，其實一直希望有人走到她身邊拉住她。

我終於發現了。

這才是——

季晴夏真正的祕密。

一個月後

世界發生了異變。

在所有人的面前，出現了一個影像。

——那是各國聯軍因為「恐懼炸彈」，不斷自殺和自相殘殺的景象。

「各位人類啊。」

當影片播放完畢後，院長的影像降臨到大家面前。

「若是不想要變成這樣，就加入『滅蝶』吧。」

她揮動扇子，對大家說道：

「為了活下去，我們需要殺光病能者。」

「啪」的一聲張開扇子，她大聲疾呼！

「仇視病能者、抹消病能者，這是人類唯一活下去的方式！」

撐到極限的汽球終於在這刻引爆。

「諸位，認清現實吧——

「不是『病能者』死，就是『人類』滅亡！」

「祕密之堡」的影片成了導火線。

一個月後——

人類和病能者——名為「第三次世界大戰」的戰爭開始了。

後記

「大家好，我是只能說實話的存在，院長。」
「大家好，我是——」
「——她是為了讓讀者以為她是美少女，所以取名作小鹿的作家。」
「……………」
「怎麼突然不說話了，小鹿。」
「不是，才一開始，妳的實話就要這麼讓人無法招架嗎？」
「妳當初不就是覺得看起來像是美少女的筆名會比較好賣，所以才——」
「停——！不要再說了！」
「第一次粉絲見面會時，妳不也是因為超後悔取了這樣的筆名，所以才找了自己妹妹代打上陣嗎？」
「是誰找這傢伙來上這個通告的啊！我現在才知道只會說實話的角色有多麼恐怖！」
「畢竟我在這集的戲分不多，為了不讓讀者覺得是封面詐欺，只好在後記刷刷存在感了。」
「那今天後記到此結束！大家可以回家了！」

「這樣是不行的，妳忘了妳第二集的後記就是因為太短才引起眾怒的嗎？」

「……記得。」

「所以今天就算再沒梗，我們也得努力撐住場面，把後記字數拉長。」

「好吧，我會盡力的——」

「我也會好好幫妳的喔喔喔喔喔喔喔喔喔喔喔喔喔喔喔喔喔喔喔喔喔喔喔喔喔喔喔喔喔喔喔喔喔喔喔喔喔喔。」

「妳在喔喔喔喔喔喔什麼！為了混字數這也太誇張了吧！」

「我不是喔喔喔喔喔，我是喔喔喔喔喔喔喔喔喔喔喔喔喔喔喔喔喔喔喔喔喔喔喔喔喔喔喔喔喔喔喔喔喔喔喔喔喔喔喔，兩者喔的字數是不同的。」

「誰管妳有幾個喔啊！」

「喔。」

「嗚嘎————————！」

「真不愧是小鹿，連『用破折號拉長句子』這招都使出來了！真是太讓我驚嘆了————！」

「不要照抄我！而且我才不是在混行數，我是在崩潰！」

「有什麼好崩潰的？」

「妳這種摸魚的方式也太明顯了，讀者看了才會更不開心吧？」

「那我做得更不著痕跡點。」

「不著痕跡？」

「這也太不著痕跡了吧！根本就是一片空白了！」

「身為僅說實話的我，要指責妳的說法不對。小鹿，我剛剛的話，哪能算是一片空白？」

「咦，可是明明就什麼內容都沒有——」

「剛剛那個才叫一片空白！連引號都沒有！」

「不要再混了！後記都幾頁了！有意義的內容基本還是零啊！」

「上一集讀者抱怨後記太短，這集我們就用無意義的對話長死他們。」

「妳就不能又長又有內容嗎！」

「小鹿的後記耶？不管是長還是短的，本質都不會變吧？」

「…………」

「我們要讓讀者用他們的雙眼親自確認和抉擇，究竟他們想要吃比較短的垃圾，還是想要吃比較長的垃圾——」

「這不都是垃圾嗎！還有妳這說法根本就是在說我們是在餵讀者吃垃圾啊！」

「抱、抱歉，這都是我的不對，都是因為我只能說實話，所以才——」

「表面上看起來是在道歉，實際上根本就是讓狀況雪上加霜！」

「妳當初不是跟責編要求說要寫一萬字的後記嗎？為了達成這字數，我是多麼努力。」

「後來編輯否絕了這提議，他說只能寫三千字！」

「真是太過分了！字數多就表示頁數會變厚！頁數變厚就表示定價會變高！變高了就表示小鹿能拿到的稿費會變多，編輯竟然連這點小錢都不願意給小鹿嗎！」

「沒錯沒錯，雖然是實話，但這次的實話聽起來真是順耳啊！」

「就算字數有限制，但我們依然可以在有限的字數內把書的頁數弄厚！對吧？」

「沒錯！」

「那我們現在就開始『把書弄厚』吧！」

「嗯。」

「嗯。」

「嗯。」

「嗯。」

「嗯。」

「嗯。」

「嗯。」

「嗯。」

「嗯。」

「嗯。」

「在我們互相贊同後，瞬間就多了十行耶。」

「而且超有效率，完全沒花多少字。」

「妳真的是——」

「等一下。」

「怎麼了？小鹿，為何要打斷我？」

「其實我打斷妳也沒什麼事，只是為了讓後記再多幾行。」

「妳真的是——」

「等一下。」

「這樣無限打斷，就可以無意義的增添行數了，真不愧是小鹿，在卑鄙無恥這方面，簡直是我所不能及的天才耶。」

「不敢當不敢當，妳還沒見識到我真正的實力呢，要是我認真起來，連我自己都怕。」

「真是深表遺憾。」

「謝謝責編，謝謝尖端出版、謝謝插畫家 Mocha 老師，謝謝取了曇春之名的美麗小精靈天澄，多虧了你們，這本書才能順利出版。」

「這不算是灌水吧？不就是普通的謝詞嗎？」

「謝謝校正幫忙抓錯、謝謝美編幫忙排版、謝謝通路幫我上架、謝謝讀者願意買這本書。」

「……原來如此啊。」

「謝謝我媽生了我、謝謝我爸養育我、謝謝我妹妹總是在旁撫慰我受傷的心。」
「我第一次聽到人家感謝他人會心生殺意的。」
「謝謝這世上有紙這東西，謝謝這世上有文字、謝謝這世上有氧氣讓我呼吸。」
「妳現在是要直接謝到三千字嗎？」
「我好歹有點羞恥心的，絕對不會做得那麼明顯。」
「妳知道在妳說到羞恥心這點之前，妳已經靠廢話把後記填滿了嗎？」
「在此順道跟大家預告，下一套新作可能是在九月出版，是傳說中有著一百張插畫的神級輕小說。」
「廢話完之後是廣告嗎？這傢伙的臉皮究竟要厚到什麼地步？」
「因為有這麼多插畫，所以你們若是不買，就是在瞧不起插畫家。」
「哇～～工商完後是脅迫耶。」
「至於深表遺憾四，應該是在八月的漫博會會場登場，要是你們不多支持，那我……那我手遊裡的老婆們就都要死光了。」
「最後連博取他人同情這招都使出來了嗎？」
「嗯。」
「嗯。」
「嗯。」
「嗯。」
「嗯。」

「嗯。」

「嗯。」

「嗯。」

「嗯。」

「嗯。」

「你們夠了——！」

（最後由於責編的闖入，本集後記只好提前結束。）

浮文字

深表遺憾，我病起來連自己都怕 3

著　者／小鹿
發 行 人／黃鎮隆
總 編 輯／洪琇菁
執行編輯／陳善清
企劃宣傳／邱小祐、劉宜蓉
封面插畫／Mocha
副總經理／陳君平
國際版權／林孟璇、黃令歡
美術編輯／吳佩諭
內文排版／謝青秀

出版／城邦文化事業股份有限公司 尖端出版
台北市中山區民生東路二段一四一號十樓
電話：（〇二）二五〇〇七六〇〇
傳真：（〇二）二五〇〇二六八三
E-mail：7novels@mail2.spp.com.tw

發行／英屬蓋曼群島商家庭傳媒股份有限公司城邦分公司 尖端出版
台北市中山區民生東路二段一四一號十樓
電話：（〇二）二五〇〇－七六〇〇（代表號）
傳真：（〇二）二五〇〇－一九七九

北部經銷／祥友圖書有限公司
電話：（〇二）八五一二－三八五一
傳真：（〇二）八五一二－四二五五

中部經銷／高見文化行銷股份有限公司
電話：〇八〇〇－〇五五－三六五
傳真：（〇二）二六六八－六二二〇

雲嘉經銷／智豐圖書股份有限公司 嘉義公司
電話：（〇五）二三三－三八五二
傳真：（〇五）二三三－三八六三

南部經銷／智豐圖書股份有限公司 高雄公司
電話：（〇七）三七三－〇〇七九
傳真：（〇七）三七三－〇〇八七

一代匯集／香港九龍旺角塘尾道六十四號龍駒企業大廈十樓B&D室
電話：（八五二）二七八三－八一〇二
傳真：（八五二）二七八二－一五二九

新馬經銷／城邦（馬新）出版集團Cite (M) Sdn. Bhd.
E-mail：cite@cite.com.my
大眾書局（新加坡）POPULAR（Singapore）
E-mail：feedback@popularworld.com
大眾書局（馬來西亞）POPULAR（Malaysia）
E-mail：popularmalaysia@popularworld.com

法律顧問／元禾法律事務所 王子文律師
台北市羅斯福路三段三十七號十五樓

二〇一七年五月一版一刷

■中文版■

郵購注意事項：
1.填妥劃撥單資料：帳號：50003021戶名：英屬蓋曼群島商家庭傳媒(股)公司城邦分公司。2.通信欄內註明訂購書名與冊數。3.劃撥金額低於500元，請加附掛號郵資50元。如劃撥日起 10～14日，仍未收到書時，請洽劃撥組。劃撥專線TEL：(03)312-4212 ・ FAX：(03)322-4621。E-mail：marketing@spp.com.tw

國家圖書館出版品預行編目資料

深表遺憾，我病起來連自己都怕3 / 小鹿 作.
--初版. --臺北市：尖端出版, 2017.5
冊 ; 公分
ISBN 978-957-10-7370-5(平裝)

857.7 106003745